U0634612

年轻母亲的心

多半有着乔其纱一般的细致

甜奶油一般的温软

还有敏锐的觉察和淡淡的忧伤

优等的家

毕淑敏◎著

南方出版传媒

花城出版社

中国·广州

图书在版编目（ＣＩＰ）数据

优等的家 / 毕淑敏著. -- 广州：花城出版社，
2015.7
　（毕淑敏幸福心语）
　ISBN 978-7-5360-7568-9

　Ⅰ．①优… Ⅱ．①毕… Ⅲ．①小说集－中国－当代
Ⅳ．①I247

中国版本图书馆CIP数据核字（2015）第125658号

出 版 人：詹秀敏
特约策划：丁凤华　刘江艳
策划编辑：张　懿
责任编辑：张　懿　李珊珊　张　旬
技术编辑：薛伟民　凌春梅
内文插画：蓝　山
封面摄影：杰西卡儿童摄影
封面设计：金燔設計室 DO-DESIGN STUDIO

书　　　名　优等的家
　　　　　　YOUDENG DE JIA
出版发行　花城出版社
　　　　　　（广州市环市东路水荫路 11 号）
经　　销　全国新华书店
印　　刷　广东新华印刷有限公司
　　　　　　（广东省佛山市南海区盐步河东中心路 23 号）
开　　本　880 毫米×1230 毫米　32 开
印　　张　8.125
字　　数　200,000 字
版　　次　2015 年 7 月第 1 版　2015 年 7 月第 1 次印刷
定　　价　39.00 元

如发现印装质量问题，请直接与印刷厂联系调换。
购书热线：020－37604658　37602954
花城出版社网站：http://www.fcph.com.cn

自序

　　我原以为，那些最宝贵的感受，是永远凝固在那里的，就像钻石。据说最幼稚的钻石也有 10 亿年的历史了，它们一旦生成，永不改变。

　　可是，我错了。有一些感受，是可以变的。时过境迁，它们原本像珍珠一样熠熠闪光的润泽，会渐渐褪色，归于黯淡。所以，这世上有"人老珠黄"的词句，残酷中带有真理的颗粒。

　　收入这本集子中的小说，主要是有关母爱和孩子的。它们成稿于我相对年轻的时候，如果是今天再写，就难免不是这样的了。年轻母亲的心，多半有着乔其纱一般的细致，甜奶油一般的温软，还有敏锐的觉察和淡淡的感伤。一个人年轻时写下的文字，年轻时的视角，到了老年，都已不可重复。如同一颗星球的老去，绝无逆转。

　　其实，我并不觉得母爱有多么了不起。因为有遗传规律管着呢。比如动物，也常常可见母兽为了幼崽，奋不顾身的抢救和以身饲喂的壮烈。人的母亲，不必在这些细枝末节上和动物们一比高下，她应该把一种高尚和珍惜的情怀，传递给自己的后代，这才是最难的。

现在的育儿书，似乎在物质方面强调得太多。比如，怎样熬羹，怎样煲汤，怎样带着孩子旅游，怎样布置房间，怎样吃没有污染的蔬菜……

　　这些重要吗？当然是重要的。要是孩子得了营养不良或是中了毒，母亲们的痛楚，锥心泣血。

　　不过，要做到这些，也还不算太难。所有能够用技术手段完成的过程，都不应该算太难。最难的是精神世界的锻造，尤其是那种尚未定型的精神，如同黏腻的陶土，可以随意赋形。然一旦烈火焚烧窑变之后，除了粉碎，再无法重塑。

　　伟大的弗洛伊德认为，人在6岁以前的时光，是一生当中的关键。

　　想想看，有点可怕。一生的命运脚本，都在童贞的某个清晨完成并斩钉截铁地画上了句号。其后的所有遭遇，不过是不同舞台上的重复再现，剧情并没有本质的区别。

　　我估计天下所有的母亲们，看了这论断，都要心跳骤快。一个孩童6岁以前的时光，尚无意外，主要是和父母一同度过的。作为成人，当你全无觉察之时，可曾想到有一位锱铢必较的书记官，用他清澈无邪的双目，已将所有的一切收录在案，并且复制出了永不磨灭的摹本。你在随心所欲当中，涂抹了一帧灵魂。

　　弗洛伊德这一说法一问世，就受到了猛烈的挑战和质疑。我不止一次地希望日后有心理学家和脑科学家，将他老人家的这一论断，彻底改写。这样就把千千万万心怀忐忑、胆战心惊的父母和将要做父母的人们，从惊天动地的责任当中解救出来。没有什么秘密书写的不可抗拒的脚本，没有什么包罗万象的命运，一切都是可以改变的。

　　可惜，事情虽然不像弗洛伊德所说的那般绝对，但父母是孩子的第一任教师，却是颠扑不破的。家庭毫无疑问是课堂，在这里任课的至高无上的从业资格，如何取得呢？

　　那天在电梯里，看到刚从乡下来的开电梯的小姑娘，伏身看一本小书。

我说，这么用功啊？是爱情小说吗？

她的脸蛋原本有两抹红晕，听了我的问话，近乎发褐了。她说，我在准备考试。

轮到我不好意思了，说考什么呢？

她说，考开电梯。

我说，开电梯还用考啊？你不在的时候，不都是我们自己开的么？

她说，要拿证的。考不下合格证，这个活儿就干不成了。

说完，她就低下头去在轻微的上下颠簸中继续看书，很专注的样子。

我想，如果说连在电梯间按数字的简单工种，都需要持证上岗的话，那我们作为父母，每日要回答的选择题，要判断的正误题，委实是太多了。谁来考核我们？谁来发给我们上岗证？

这本集子中的小说，写了妈妈们的困惑和寻找，也写了孩子们的期待和逻辑，算是我的一份答卷。

过了些日子，我看到电梯工用涂了凤仙花汁液的食指，按下了电梯的开关。

我说，这么高兴啊？

她回答，及格了，过关了，这份活儿保住了。俺以后就可以在北京长待下来了。

做父母是没法子辞职的，也没法子补考重新来过。从这一点来说，我们真的要美慕电梯工了。她的努力可以告一段落，父母们却没有终点。总要努力，好上加好。

目　录

自序

梦幻小屋和蓝手镯　•001

天衣无缝　•016

给我一粒脱身丸　•031

不会变形的金刚　•047

一厘米　•062

捉刀　•075

跳级　•085

妈妈福尔摩斯　•116

同你现在一般大　•144

猫头鹰行动　•157

教授的戒指　•171

斜眼　•199

最晚的晚报　•204

雪花糯米粥　•220

悠长的铃声　•231

苹果核　•234

精品水　•236

走过来　•240

哈立克　•244

假如我出卷子　•247

梦幻小屋和蓝手镯

天,蓝得像一页童话。

"将来世界游乐园"的摩天轮,从我新搬入的高层住宅窗前,盘旋而过。我对这个堂吉诃德风车似的玩意儿不感兴趣,俯身下望,茵茵绿草中有一座粉红色的小屋,宛如一朵玫瑰花瓣被静静地遗落在草地上,便萌动了去看一看的念头。

游乐园售票处的建筑,是七个小矮人居住过的样式。赭色的树皮镶嵌墙壁,上面涂着古老的青苔。高耸的屋顶站立着信鸽状的风标,发出悦耳的鸣叫。

售票小姐打扮成白雪公主的模样:"您要购买哪种票?"

面对高科技与美妙传说的结晶,我的目光一定显得扑朔迷离。"白雪公主"款款介绍:"您喜欢玩哪种游艺机,就买哪种票。如果都想玩,可以买通票,十块钱一张,可玩一整天,比较优惠。"当然,她恰到好处地莞尔一笑,小心地避开我的自尊心,"如果您时间紧,只是参观一下,也可以只购一张门票。"

我迅速浏览了游艺机的名称:水晶城堡、疯狂老鼠、吃惊房子、超级帽子、海盗船……顺便记住了价目表,票价都很昂贵。

我肚子里的食物，还没有饱胀到需要用这么多惊险游戏来消化的程度，虽然购买通票显然合算。

"我只想去那间外观是粉红色的小房子。"

"白雪公主"受过很好的职业训练，微笑着把一张粉红颜色的专用票撕给我。

哦，它叫梦幻小屋！

小屋在俯视中很鲜明，此刻却隐匿于无边的绿色之中，我只能依靠路标前进。

一个丁字路口。

"叔叔，您帮我看看，我有米老鼠高吗？"

路旁有一幅巨大的标牌。穿着橙黄皮鞋的米老鼠，优雅地伸出雪白的手套，上面用中英文书写着："小朋友，假如你没有我高，请不要去找疯狂老鼠。"

看来，疯狂老鼠是这位美国老鼠的近亲了。

在米老鼠的伴侣米妮通常站立的位置，此刻站着一位小姑娘，正在向我张望。

她浑身圆滚滚的，穿一件很简练的背带白布裙，脸像红苹果一样饱满，眼睛和嘴也都是很端正的圆，像是以黑红两色重油彩用心写出的零。我悲哀地想，她长大绝不会是身材窈窕面容清秀的美女，但此时却是一个极惹人喜爱的女孩。

我便在心里叫她零零。

零零倚在米老鼠身边，用右手卡住自己的头顶，欲一比高低。在她滑润的手腕上，套着一个蓝手镯。

零零蓬松的鬈发，像薄雾一样笼罩着她的高度，她便努力将它们捺下去。手镯与发丝相搓，发出风拂草叶的声响。她跳开来，失望地发现自己的手指只齐到米老鼠黑耳朵的一半，便不服气地向我求救。

看着零零像黑围棋子一样晶莹的眼睛，我说："唔，你可以算是和米老鼠一样高了。"

她像云雀一样尖叫了一声，单腿蹦跳了两步，又轻捷地换成另一条腿蹦跳，再也不看我一眼，快乐地向前跑去，直到很远，才猛然回头，说了一声"谢谢"。

我注视着她的背影，那是一种像滚动的水银一样极活泼的姿势。许多年前，当我还是小男孩的时候，我也会这样跑。觑前后无人，我也试着单腿蹦跳，立刻感到困难和荒唐，就停了下来。

突然，零零摔了一跤。在向前扑去的那一刹那，她记得去保护自己的手镯，但仍旧晚了，手镯碰到地上。她心疼地抚摸着手镯，手镯大约有了一些损伤。这很糟糕，但更糟糕的是她的腿，膝盖处流出血来了。

我担心地跑过去。

零零从兜里掏出一块蓝手绢。白裙子只有一个兜。兜里装着蓝手绢时，裹不住的蓝色从布丝里渗出，好像她揣着一瓶墨水，现在，她通体晶莹了。看起来零零是一个粗心而常摔跤的孩子，上次的痂痕尚未完全脱落，新鲜的血又从边缘缓缓浮出，像红水河上飘着一叶小船。

零零拿着蓝手绢思索了一下，手镯和腿，哪个更重要？我以为这是毫无疑义的。零零的思维很快，全不似成人那样优柔寡断，她迅速地把手绢系到了手腕上。

我想劝阻她，小姑娘满脸都是对陌生人的拒绝。我终于没有作声。她已经忘记我了。

现在，看不到蓝手镯了。人们只能看到一个小姑娘腕上缠着一方蓝手帕，膝盖流着血，一拐一跛地走向疯狂老鼠。

梦幻小屋在路口的另一侧。我却突然对零零关注起来，她毕竟只到米老鼠的耳朵，最多不过打个平手，又挂了彩。

我尾随她去。

疯狂老鼠实际上是一种类似翻滚过山车的大型游艺机。零零坐在椅子上。有一副马蹄形的重物，鞍鞯似的降落在她幼嫩的双肩上，像一双铁腕扼住咽喉两侧。这样疯狂老鼠剧烈腾挪的时候，她才不会被巨大的惯性投掷而出。还有一条钢索般的保险带，把她和座椅坚固地连在一起。

零零虽然滚圆，但毕竟是个孩子，保险带扣到了最后一环。因为心灵上负了责任，我便走过去看她系得是否牢靠。她完全沉浸在冒险前的快乐之中，对每个走近她的人，都无端地微笑。

开始检票了。零零把她的蓝手镯打开，又小心翼翼地包好。

疯狂老鼠动作起来，这是一场真正的鼠疫。它毫无规则地颠簸起伏，沿着尖锐的直角，无目的地扑打跳跃。人们恐怖的尖叫声，像黑色的松针，从疯狂老鼠背上铺天盖地撒下，使每一个旁观的人，深刻地明白了什么叫"抱头鼠窜"。

我抗拒着恐惧和眩晕，目光拐着锋利的路线，困难地跟踪着小小的零零，其实，她即使此时发生了某种意外，我也是完全无能为力的。

疯狂老鼠倏地完全倒立起来。我半仰着脸，极清晰地看到，在太阳米字形的光辉一侧，零零同我鼻子对着鼻子，像个婴儿般地俯冲过来。在那双黑围棋子一般的眸子里，饱含着地面苍翠的绿色。

我的责任也已尽完。老鼠痛苦地安静下来，我转身离去，去寻找那依稀的粉色。

梦幻小屋的门是椭圆形的，中间有一个肉色的按钮。它引动人们温馨的忆念，却又使人想不出确切的究竟，怀着不甘心走了进去。

粉红色的微光，像雾霭一样包裹过来。看不到灯，或者说到处都有灯，墙壁像渗水一样沁出粉色的光栅，使你以为伸手就可以抓到粉色的颗粒。

温度极适中，像幼时祖母递来的刚刚用舌尖尝试过的一碗粥。

空中弥漫着一种类似抚摸般的韵律。它不疾不徐，无休无止，像一只巨大的手掌，温存而准确地拍击着每个人最原始的记忆……

一切都那么熟悉，又那么遥远。每个人都像被过分醇香的酒灌昏了头，松弛在极舒适的座椅上。

我的理智抵制着俘获，极力思索着：这小屋，我似乎居住过……当我终于想起来的时候，悚然一惊：这不是仿照人类母体内的宫殿塑造的吗！怪不得它给人以无可比拟的安宁和归属感呢！

那个椭圆形的门，象征着脐。它是婴儿和母亲永久的联结之路。

在被疯狂老鼠强烈摧残之后，你不得不佩服领导世界的人类。你不论怎样不以为然，都要进入沙滩般的舒缓之中。

门猛地被撞击开，零零滑动进来。小孩子距离母体的路程更近，她很快便进入了梦幻的境界，蜷在座椅上，像一只温顺的小白猫。

环境已具有如此的魔力，再加上正式的节目，该是怎样的美妙！我觉得这钱花得不冤。

从"脐"里走进一位年轻的女郎，她长得很媚气，前冲式的长檐帽，提醒人们这是中外合资的游乐园。

我无端觉得，工作人员应是一位慈祥的老太太。

"就要开场了，收票了。请把票拿出来。"女郎的声音，不合时宜地冷漠。

人们都从怀抱的温暖中清醒过来，像要保留住最后的美好，依旧蜷着身子，无声地举起票。

小姐一把将我的专用票捞了去。

零零举起她藕节似的胳膊，蓝手帕经粉红色的渲染，蜕变为深紫。

小姐又将我旁边其他人们的多用票捞过去，撕下表示梦幻小屋的那一联，余票退还。

小姐走到零零跟前。零零的胳膊已经下沉，她举起得过分早了。

"票在哪儿？"小姐问。

零零便像在课堂上举手发言唯恐叫不到时，将手举得高高的。

"那请你把手绢打开。"小姐催促道。零零已经耽误了时间。

孩子们总是这样，遗漏一些非常重要的步骤。零零用另一只手去解这只手上的手绢。小姐耐心地等待着，像副食店售货员在等待一个没有主动拔掉瓶塞子的买醋者。

手绢系得过于牢靠了，解得便很艰难。幸而小孩子们的心，细小却并不细腻。零零全然没有察觉到小姐的厌倦，终于解开时也没有成年人乞求原谅时惯有的歉意，蛋圆的小脸因为窘急的汗水，更显出油汪汪的可爱。

"阿姨，您看——"

在这种无遮拦的笑脸面前，萌生愠怒的小姐也忍不住给了一个微笑。

现在，小姐和人们都看到了那个蓝手镯。在手绢的保护或是蹂躏下，它不安地褶皱起来，像一个洗衣女人冬天的手，边缘皲裂出无数细口，小姑娘温润的汗水，将它们浸得绵软而浅淡。

这是一个纸环圈成的手镯。

"把手伸过来。"小姐突然兴奋起来。

零零顺从地把手伸过去。手背凹陷的小坑里积满灰土，唯有指甲红润，像一枚枚光洁的鼓槌。

"我说的是让你把你的手心伸过来，你为什么不？"小姐的声音已露出明显的恼意。

她并没有说手心，所有在场的人都可以证明。她只说过手，但这不妨碍她的严厉。

　　零零从这声调里察觉到了某种错误的嫌疑，又并不明白错在哪里，便基本上是无所畏惧地把手心朝向小姐。

　　小姐要看的其实是她的手腕，那里是纸圈的联结处。蓝手镯悲惨地绽开裂纹，像一条弯弯曲曲的林间小路，勉强维系着最后的连贯。绷开的纸纤细如春草，瑟瑟地随着零零手腕脉搏的跳动而颤抖不已。

　　蓝手镯是用"将来世界游乐园"的通用票糊就的。这是一个聪明而公平的主意。它紧箍在每个购买者的手腕上，不可拆卸，因而也就不可转让。现在，蓝手镯残破了，它的象征意味就很明显了。

　　"你说，这是谁的票？"小姐的前冲式帽檐俯得很低，循循善诱地说。

　　"这是我的票呀！"零零完全没有意识到逼近的危险，很肯定地回答。

　　"那它怎么破了？"小姐成竹在胸。

　　零零认真地想了想，眯着眼睛说："不知道。也许是我摔跤时蹭破的。"

　　"你用手绢包着票，手绢上一点土都没有，怎么会是摔的呢？这票是你从别人那儿拿来的，自己又粘上，所以它才不完整。小姑娘，你要做个诚实的孩子，犯了一个错误，不能再犯第二个。"小姐看来是经常抓获作弊的游客，话说得有理有据，态度比刚开始检票时，还要和蔼了。

　　众人哗然。有人说："真看不出来，小小年纪就……"

　　我想说明摔跤和手绢的关系，我又一想，我只看到了这一幕，也许在那之前，手镯就已经是破的了。

　　"不！"零零惊恐地瞪大了眼睛，"票是我自己买的。我考试得了双百，妈妈就给我十块钱让我来玩。不信，你们去问我妈妈！"小姑娘略微安了心，她为自己找到了最有力的证人。

　　"问你妈？那还不等于问你自己吗！"小姐不屑地说。

　　顿时引起人群小小的骚动，毕竟这是亵渎了人人都有的神圣。

小姐像闻到了恶劣气味，扇了扇自己灵秀鼻子前面的空气："你们别看她装得还挺像，我们这儿常常遇到这样的孩子。"她偏转身，面对着众人："说实话，这些游艺机多一个人玩少一个人玩，有什么了不起？还不是一样费电一样磨损一样得有人操纵吗！可孩子还小，这种说瞎话占便宜的习惯一旦养成了，将来不是害人害己吗！"

小姐说得很义愤，这使刚才认为她有些不讲情理的人，也频频点头。

"阿姨，这票真是我的。您看，它们粘得那么紧，要是别人的，我怎么能把它们撕下来又粘到我的手上呢！"零零完全不顾大势已去，顽强地为自己寻找物证。

"哎呀呀，没见过这样难缠的孩子！你问我，我还想问问你呢！不要装傻，这事很容易。用小刀沿着粘缝的边缘慢慢挑开，只要细心一点，可以做得天衣无缝。老实说，你做得并不高明。"

我凑过去看。果然，蓝手镯的对接处并不妥帖，存有显然是挣脱而裂开的斜纹。看起来铁证如山。

"阿姨，每个人只有一张票，别人的怎么会给我呢？"零零依然不屈不挠，在这种尴尬的时刻，她除了在为自己辩解，竟还保持着童稚的好奇。

"这不是简单的事吗！"小姐向我们摊开她那柔若无骨的手指，更显出事实的毋庸置疑："通票我们是不回收的，让游客们带回家去，经理说这是活广告。从别人手里要一张废票并不困难。"

小姐的话严丝合缝，再多同情也无懈可击。

"那我怎么办呢？"在这铁的逻辑面前，零零像桂圆核一样的黑眼睛，因为过多清水的折射，显得更大更圆，竟愚蠢地向小姐讨问起办法来了。

"那你只好回家了。记住，以后再也不要做这种事了。做一个诚实的好孩子。"小姐温存地说。

零零把残破的蓝手镯卸了下来，慢得像在褪一副手铐。我叹了一口悠长的气。

零零把断成半个弧的通票拿在手里，像擎着她最后的希望："这是我买的票，阿姨，是真的！"

"怎么说了半天又回来了！我对你已经是宽大处理了，按规定要罚款的！你要再这样，别怪我不客气。你是哪个学校的？叫什么名字？说说呀！"小姐声色俱厉起来。

零零的脖子蚯蚓样软了下去。名字是孩子们为数很少的私人财产之一，他们不愿意把它孤零零地留给不认识的人。

零零执拗地沉默着。

人们不再同情这孩子。是啊，没做亏心事，就把名字留下来嘛。

也许每个孩子心中，都有一个来自上天的声音，告诫他们，遇到危险时不要说话。

事情看来就这么结束了，零零倒退着向外走去。

"阿姨，我看到了。她是买了票的。"一个戴着沉重镜片的男孩，挤过来说。人们散漫的目光立刻凝聚起来。

男孩很瘦弱，嘴唇角很黑。那不是早生的髭须，而是早上吃了某种豆馅制品的痕迹。这使他的话失去了几分可信性。

小姐镇静的目光，像抹布一样擦拭着男孩的脸。这没有什么，她见得多了。

"你亲眼看见的？"小姐很和气地问。事情出现了某种转机。

"是，阿姨，她排队时站在我前面。"

零零站在距男孩很远的地方，眼睛里抖落几颗葡萄大的泪珠："真的？你看到我了？我怎么没看到你？"

小姐很沉着，果断地撇开女孩问男孩："你们俩是一个学校的？"

"不是。"男孩弄不清学校和票有什么关联。

"那就是住一座楼或是同一条胡同喽！"小姐的话板上钉钉，带有明显的诱供成分。

"不是的。"男孩否定得毫不迟疑。

"那你俩怎么会一起来？"小姐变了脸。化了妆的女人发起怒来，有一种狞厉之美。

这问题几乎不通情理。你我他大家都一起来了，没有什么为什么。

可惜孩子们的智力尚未臻于完善，他们想不出回答，瞠目结舌。

大人们嘈杂起来。小姐敏锐地感到了民心的向背，收敛了一下锋芒："好吧好吧，就算你们不认识。你排在她后面，"她把头转向小男孩，"你怎么能知道她是买了一张门票一张单项票还是一张通票？"

这问题顺理成章，斩钉截铁。在场的人都难以回答。不要说一个小孩，就是成人，若无非常情况，也不会去注意前后人各买什么票。

小姐运筹帷幄地笑了。

"可是，阿姨，我看到了，也听到了，她买的是通票。她用的十块钱是只有两个人头的那种。"小男孩扶了扶镜框，极为肯定地说。

零零的圆脸涨红了："那是一张新钱，我妈特地给我的，用旧钱太脏了。"

事情似乎很清楚明了了，大人们饶有兴趣地看着孩子们主演的戏。

小姐有了片刻间的惊诧，可能是她以往稽查中没有这种经历。她用小手指拢了拢实际上并不纷乱的头发，鲜红的蔻丹像樱桃一样，穿过黑发在前冲式帽檐的一侧闪烁。一个成熟女人和一个公务人员的形象，同时出现在我们面前。

"我这里不是法院，用不着证人。"她的口气十分冰冷，同粉红色的环境很不协调，"我不管你们怎么买的票，我只负责查票。这票上写着呢：当日有效，全天乘坐，断开作废。看清楚了，不论什么原因，断开作废！"

小男孩立即垂下头去检查他自己的蓝手镯。成人们也立即垂下头去检查各自的蓝手镯。几个一道来的，还彼此检查。

　　只有零零没有垂下头去。她知道自己的蓝手镯，已经变成了一条蓝飘带。

　　一瞬间，很静很静，像我们最初形成于这个世界的那个夜晚一样安静。突然，从四周墙壁看不见的音响设备里，传出遥远、模糊、像海浪一样有节奏的轰响，它像轻柔的丝绸，覆盖在每个人的身上，又溪水般地荡漾开来……人们紧张的思绪，立即像奶油一样融化了，进入无边的粉色梦幻。一个如风吹草叶般温柔的女声说道："现在，在你们头顶上方听到的声音，是每个人的母亲心脏跳动的音响……"

　　一种无法比拟的安宁和美妙，潮汐似的将人裹挟而去。

　　因为检票时间过长，小屋的自动操纵系统已进入运行状态。

　　我在沉入梦幻的最后一刻，看见小姐把零零揪出了小屋。那孩子已

经被母亲的心跳感动，率先进入了一种幸福的状态。当她被推出椭圆形门的刹那，我猛地喊了一声："等一等，我给她买一张票……"

"脐"已经严密地闭合了，零零已如一个早产的婴儿，被强行娩出。假如我始终清醒，也许会追赶出去，我知道小姐和零零一定听到了我的话。可惜梦幻破坏了我的思维。你见过哪个未出生的胎儿，会关心别人？

几天后，我的一位朋友来贺新居，被旋转的摩天轮吸引，要我陪他再去"将来世界游乐园"。

我们买的是通票。你不得不佩服游乐园管理者的聪慧。不把票粘成手镯样，你有什么办法保证票的唯一性？

大轮子，小屋子……一切都熟悉而令人乏味。人造的东西，只有在第一次来客和孩子们眼中，才有生动的魅力。我依旧像猫一样，从疯狂老鼠始，继而进梦幻小屋……朋友赞不绝口，我却晦暗如难产的婴儿。

然后是摩天轮。水滴状的小房间载着我们悠上蓝天。我看到了我的卧室，它与别人家的卧室几乎一模一样。

然后是海盗船，简直一步一个惊险。突然，我看到一个穿藤黄衣衫的小姑娘，正攀上新干线的小火车。她高举着自己的手，手上套着一只蓝手镯。

这是零零，毫无疑问是她。服饰可以变化，但那圆是不变的。孩子终究是孩子，几天前的羞辱，像海豚身上的水珠一样，不曾留下丝毫的痕迹，她快乐地笑着，笑声像花香四处弥散。

我为成年人的多虑感到可悲。

她好像看见了我，愣怔了一下，笑声便出现一个豁口，再续上去时，音色和频率都低抑了许多。我想，人们都不愿别人看见并记住自己屈辱的那一刻，尽管是萍水相逢，尽管是年幼的孩童。

于是，我便强拉朋友远离新干线的繁华到偏僻去。朋友啧声惋惜，我诱骗他说水晶城堡上火车轨道好玩多了。

小姑娘被小火车载到闹市去了。我轻松地吁了一口气，但愿我们永不相见。

　　几乎是一分钟后，我见到了零零。她从最初的一站下了车，尾随我们而来。

　　"叔叔，谢谢你。"她的睫毛因为急促的呼吸而像蝉翼般扑动。

　　为了我一句并未实施的允诺，这孩子竟如此认真。我感动了，用一种对成人的郑重说："不用谢，我相信你。"

　　"叔叔，您不该相信我。"零零低下头，很快又勇敢地抬起来，直视着我。

　　我的自信心像焦脆的锅巴一样破裂了："这么说，那天你的手镯真是假的了？"

　　朋友愣怔地看着我，想象不出我何以如此颓丧。

　　"不。那天的手镯是真的，今天的却是假的。"零零大声地说着，全无遮掩，令我怀疑这顽皮的女孩子在开一个恶劣的玩笑。

　　"你小声点！"我嘘她，又搞不清自己是在教她世故还是为她掩饰。

　　"怕什么？"零零大惑不解，"手镯一点也没有破！"

　　我几乎是粗暴地拧过她的手。像藕节一样白嫩的腕上，蓝手镯清爽完整，毫无纰漏。

　　"它多么像真的呀！"小姑娘炫耀地高扬臂膀，蓝手镯便把她的脸也映出淡清的灰网。

　　"那你是从哪得来的？"我充满惊悸地问。

　　"这还想不出来！"零零嗔怪我的明知故问，"那天阿姨不是说了吗，大门外面有许多并不一定要把废票带回家去做纪念。管他们要就是了，一点也不难。"

　　"可是，你怎么把它从别人手腕上取下来呢？"凭着成人的智力，我完全可以通过思索得出答案，但我无法相信，必须亲耳听到才能证实。

零零看在我们的友谊分上，很有耐心，拿出一把削铅笔的竖刀，比画着："就这样，一点点沿纸缝挑开，只要你别慌，挺容易的。"

是的，这挺容易。我不由自主地点点头。

"取下来之后，你又是怎么给自己套上的呢？"

如此穷追不舍地问一个孩子，近乎残忍，但我遏制不住自己。

"用胶水粘呀！就像我们上手工课时一样。"零零边说边拿出一个小眼药瓶，轻轻一挤，一滴比泪水稍浑的浆液流淌出来。

看着这套精巧的作案工具，朋友忍不住插嘴："你怎么设想得这么周密，长大可以做克格勃了。"

"哎呀，这怎么能算是我发明的？"零零难得地露出羞涩之情，诚实地纠正我们，"这都是那天那个阿姨告诉我的，是吧，叔叔？"

在她碧清如水的眸子里，我看见一个像鱼一样张着嘴的男人——那是我。

是的，那天那个女人说了这一切，而我全然没有记住。

"哪来的这么个女人？"朋友讶然失色地问。

我顾不得回答，像捧一件有裂纹的瓷器，捧起那套着蓝手镯的小胳膊，"真的是这样吗？"

啪的一声，零零把自己的胳膊从我手中夺下，猛地背到后面："你们大人为什么总不相信人呢？我说是真的时候，你们不相信。我说是假的时候，你们还不相信。你们只相信你们自己！"她气恼地甩着胳膊，好像那上面叮着一只蚂蟥。

"我相信你。我相信现在是假的。"我忙不迭地说，以维系我们之间那最后的信任。

"以后，我就可以经常到这里玩了。叔叔，再见！"

她用单腿蹦跳着，像一粒饱满而健康的黄豆，弹射而去。

从此，我怕走到窗前。

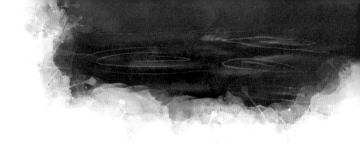

天衣无缝

邹安回娘家吃晚饭，一推房门，异香扑鼻而来。

"妈妈，是什么这么香啊？"邹安已为人妇，而且是见过世面的白领小姐，但一回到家里，就立即在感觉中将自己缩小，十分自然地幼稚起来。

"你尝尝看。"妈妈把汤钵的盖子揭开。虽说家里通常是聚餐，而且讲究的是让父亲动第一筷子，但妈妈常常提前从锅里拣出精华的部分，以饲她最疼爱的儿女。

满满一钵肉。邹安嚼了一块，好吃极了。她从小就爱吃肉，妈总说她不是猴子变的，是老虎变的。

"到底是什么肉呢？像是鸡，又不是。"邹安摆弄着那块精致的小骨头。

"是雪兔肉。别人送的。听说这种兔子是吃雪长大的，消灾祛病益寿延年。只是肉太少，我把它和鸡炖在一起了。"妈妈热心传布关于动物的神话。

吃饭的时候，邹安很仔细地避开鸡肉，专挑雪兔肉吃。雪兔比母鸡更容易吸收酱油，显出琥珀样的红光。

雪兔一定还有别的药用价值。邹安回到自家的小巢时，已经很晚了，还是推醒丈夫做爱。

以后的日子很平和。他们结婚的时间不长，没有特别地想要孩子，也没有特别地不想要孩子。虽然年轻，却很推崇古典的顺其自然。这年头，顺其自然是一种时髦。过去是境遇不好的人喜说这话，借以自勉自娱。现在却是混得光彩的人如此说。

邹安怀孕了，她一点都不惊奇，用医院的阳性化验单通知了丈夫。她历来鄙夷电影电视里的镜头：到了妻子缝制小孩衣服的时候，丈夫才恍然大悟。

她交化验单时的神情，镇定得如同递一张电影票。

丈夫很仔细地看了单子，然后说："好事啊。不过你要多受苦了。"

"没什么。对女人来讲，这是很正常很自然的事。"邹安平静地说。觉得自己是一只精美的空箱子，该装一些宝贵的东西在里面了。

"我们的孩子该集合我们俩的优点，比如我的眼睛、你的嘴唇……你的嘴唇最好看，像红沙漠上平缓起伏的沙丘……你知道吗？"夜里，丈夫这样说。

邹安笑了，说："关于嘴唇的话，你说过一千遍了。关于优点的话，所有的孕妇家里都进行过这种讨论。集合优点，要服从概率。咱们俩的基因，就像一副打乱了的扑克牌，怎么能保证抓到手的都是一色红桃呢？"

丈夫说："就算不都是红桃，咱们俩这样能干，孩子也该集中了大小王和几个尖儿吧？"

邹安就把这话学给公司里的同事听。大家表面上不说什么，暗地里憋着劲，等着看美丽的邹安生个什么样的宁馨儿出来。

身子渐渐沉重，邹安像注满了水的茶壶，臃肿不堪。在最后一次产前检查的时候，她听到一个捧着袋鼠样肚子的孕妇对另一个小肚子的孕妇说："你吃了兔肉没有？"

小肚子说："没有。谁敢吃那东西？吃了孩子三瓣嘴。"

袋鼠说："这是迷信呢。不过，还是躲着点好。我是中国的外国的迷信都信。"

邹安突然想到了雪兔，心里打了一个寒战。但她很快对自己说，这都是没有文化的人无稽之谈。她不断重复着：雪兔不是兔。

她知道孕妇在临产前都有一种对怪胎的恐惧，但自己这样青春健康，没有受过核辐射和病毒感染，整个孕期几乎连一片药都没吃过，孩子怎么会有毛病呢！

邹安躺在产床上的时候，非常宁静。她甚至为这种宁静感到羞涩。所有的产妇都在鬼哭狼嚎，产房是一座放肆的演奏生命摇滚的大厅。邹安在这里显得格格不入，只有生过许多孩子的老妇才这样无动于衷。孩子顺产。婴儿头一接触到冰冷的空气，没有丝毫的停顿，就像猎豹一样凶猛地啼叫起来。邹安知道那不是哭，哭是人类悲痛的表示，一个刚降生的孩子，快乐还来不及呢，他是在以哭为乐。

助产士摆弄着孩子。邹安抑制着疲倦，仄着身子看了一眼。婴儿的头拢在助产士手掌中，长相没看清，只见到那是一个男孩。

助产士把孩子对着医生说："怎么办？"

医生说："她的丈夫在吗？"

助产士说："不在。"

医生说："其他的亲人呢？"

"也不在。"助产士回答。

医生说："那就只有同本人谈了。她的情况好吗？"

助产士说："还好。各方面都很正常。"

医生说："那好吧。我来谈这件事。"

邹安很清醒，听到了所有的对话，不知道这同自己有什么关系。她

躺在产床上，像一条悠闲的白鲸，等着人们把她的产品呈上来，让她过目。

助产士小心地托着孩子走过来，好像那是一柄重剑。

医生接过来，因为新生儿柔若无骨，便用前臂垫着他的脊椎骨，让孩子的屁股坐落在自己的肘中。这样婴儿就站起来了，突兀地矗立在邹安眼前。

丈夫本来是要陪着邹安的，但她把他轰走了。"你忙你的。生孩子是我自己的事，不喜欢旁人参观或是多手多脚。"她这样说。也不让妈妈操心。

医生举着浮雕般的孩子说："一个男孩。我们大致检查了一下，其他还好，但是个兔唇，抱给你看看……"

医生还没说完话，那小小的婴儿打了一个哈欠。他的小唇的确很像邹安，轮廓轻柔。但唇中央像峡谷一般地开裂了，暴露出粉红色的小膛和黑洞洞的咽部。

邹安立即被旋转的粉红色和黑色淹没……

当她醒来的时候，听见丈夫愤怒地对医生说："你们怎么能这样残忍？她刚生完孩子，身体虚弱，你们却要把这么刺激的消息告诉她，还一定要她亲眼看……"

医生很温和地说："按照保护性医疗制度，我们不应该给产妇这样的恶性刺激，但是医院常常为这种事吃官司，我们只好当场验明正身。不然出了产房，有人就不认账，说我们是狸猫换太子。我们有我们的苦衷，没想到她的反应这么强烈。其实兔唇是最轻微的畸形，可以修补得天衣无缝。

邹安始终没有睁眼。不知道睁开眼之后说什么。她只记住了一句话：天衣无缝。

邹安带着孩子出院之后，没等同事们来看她，就立即迁往丈夫的家乡——一个小城坐月子。同事们谁也不知道兔唇的事，都说："你看，邹安的运气多好，有婆婆侍候。六个月产假后，就带着白白胖胖的大儿子回来了。到那时，我们去给她贺喜。还要吃红皮鸡蛋。"其实很多人现在已经不吃鸡蛋了，嫌胆固醇高。但大家都愿意助兴。

邹安生了孩子五个月之后，悄悄地潜回娘家。妈妈看了吓一跳，说："你怎么这么瘦？哪里像坐月子的样子？是不是婆婆待你不好？让妈好好给你补一补。"

邹安苦笑着说："婆婆倒是挺好的。是我自己吃不下。"

妈妈说："她没有嫌你生了个兔子嘴的孩子吧？要是说了，你就说我们这边从来没有这个根的，一定是他们家遗传。"

邹安说："婆婆没说什么。还一个劲地劝我不要放在心上，说乡下这样的孩子多得很，只要脑子聪明，是一样的。还说，越是这样的孩子，越是要对他好一点。"

妈妈说："嗯，亲家母还挺明事理。"又说："既然是这样好，那你还愁什么呢？"

邹安不由得哭了，说："愁孩子啊。在乡下当然是好养活的，可我们是在城里。这个孩子长大了，会多么自卑！现在宾馆里招一个看大门的，都要标致得像罗密欧。我生出的是一个废品，别人不说什么，我心里也永远不能原谅自己。"

妈妈说："那可怎么办？又不能再生一个！"

邹安不说话了。在那些忧郁的夜晚，她不止一次想过，这个孩子要是死了就好了。锋利的念头一闪，她就立即开始掐自己，拧自己，凶猛地惩罚自己。在常人看不到的隐秘处，她把自己虐待得淤血斑斑。这样做了以后，她的心情就会有几天的平静。但那个残酷的念头也因受到了应有的处罚，变得堂而皇之，愈加频繁地冒出来。邹安恨透了自己的杀机，但没有办法。她是一个很理智而且要强的女孩，从小就事事争第一。没想到在这样一件最蠢的女人都能干好的事情上，自己却失败得如此凄惨。这是一道做错了的题，没有橡皮，不许你修改。

　　她急急地赶回家，是想从这种疯狂的想象中解脱出来。市里有很好的整容医院，她要赶快把孩子修补得天衣无缝，让一切恢复正常。

　　邹安依旧保持着很好的身段，因为她不给孩子喂奶。在分娩以前，邹安是力主母乳喂养的。她对丈夫说："哪怕我的体形变成了一个拿破仑酒桶，也要用自己的乳汁哺育我们的婴儿。我不能让他喝牛奶，要知道牛奶是喂牛的，而我们是人！"

　　丈夫吻着她说："你真是一个英雄母亲。"

　　丈夫现在到国外去了，一切的担子都落到邹安一人身上。

　　邹安没能给孩子喂成奶的原因，不是邹安。兔唇的孩子根本就无法吮吸母亲的乳汁，他们的嘴是一个破烂的漏斗。面对粮仓，却饿得啼哭不止。

　　产后淤积的乳汁像两颗手雷，紧邦邦地坠在邹安的前胸，使她行走时有一种扑倒的感觉。她为儿子沏好了进口的奶粉，但这个畸形的孩子仍无法进食。牛奶在嘴里四溢，泡沫溢满了脸颊。偶尔流进咽喉的乳汁引起孩子剧烈的呛咳，小小的孩子憋得像要爆炸的栗子。

　　邹安把孩子往床上一丢，好像小时候扔一个破布娃娃。这样的孩子有什么用呢？他的存在，不但是父母的耻辱，更是自身的苦难啊！

　　猛烈的震荡救了豁豁嘴的孩子，呛进气管的乳汁弹了出来，呼吸欢畅了，饥饿的哭声十分嘹亮。

　　婆婆忍不住了，说："你抱抱他。"媳妇是从大地方来的，自有一套养孩子的理论，乡下的老太太原不敢多嘴的，但孙儿的哭声使她勇敢起来。

　　邹安只好抱起孩子。婴儿的哭声由于身体位置的变换，暂停了一下。但根本问题没解决，他继续用所有的力量向世界表达不休的愤懑。

　　"你一个当娘的，不能老叫孩子这样哭啊！"婆婆实在听不下去了，顾不得城里媳妇的面子，摆出婆婆的威严。

　　"可是这能怪我吗？他的嘴根本就不是人嘴，是兔子。我总不能喂他青草吧！"邹安也哭起来了。

婆婆这才明白，虽然世界上的人已经能把自己送到月亮里当嫦娥，可并没有发明出给豁豁嘴的孩子专用的吃食。还得用乡下的老法子，把面糊糊一勺勺地填进小婴儿的嗓子眼，才能既喂饱他，又呛不着他……

姥姥看邹安给孩子喂奶糊，笨手笨脚的，说："孩子挺胖的，要是不看脸，根本就不知道有毛病。你带得不错，怎么干起活来这么不在行？"

邹安手忙脚乱地说："在那儿，都是他奶奶给喂的。我不能看见这张有残疾的脸。看着看着，只觉得自己的嘴唇也豁开了。毕竟他和我太像了。"

姥姥就叹了一口气，接过小勺说："我来吧。"

面糊糊里搀了雀巢奶粉，挺香。

邹安抱着孩子进了整容医院。

"医生，求求您，请给我的孩子做手术吧！"她对外科医生说。

医生看了一眼，仅一眼，他就什么都明白了。有经验的医生就像屠宰商人，张口就能说出杀一口猪，可出多少净肉。

孩子包在名贵的褓褓之中，脸上覆着淡金色的绒毛，像一颗新鲜的芒果。感觉到有人在注视他，婴儿微笑了。这就把他的缺陷暴露在光天化日之下了。

"我们这里做这个手术是有把握的。只是，他多大了？"医生迅速登记着。

"五个月零三天。"邹安说。她记得很清楚，这就是她在痛苦中煎熬的时间。

"哦，真对不起。我们现在没法收他住院做手术。"医生遗憾地放下蘸水钢笔。

"是不是……"邹安想起了有关医生红包的种种传闻。但是她不知道怎么说才合适。歇了五个月的产假，仿佛进了空难的黑匣子，外界的事一概隔膜了。

　　"我们还是比较宽裕的，为了这个孩子，只要能治好他的嘴，我们很愿意谢谢医生……"她笨拙地说着，脸绷得像敷满了面膜，心中充满怨恨。都是怀中的这个丑陋婴儿，使她从高贵的地位跌下来，低三下四地求人！

　　"不不。你想到哪里去了？我的意思是这个孩子太小了。按照我们的经验，要在孩子十八个月以后，成功的把握才比较大……"医生解释。

　　"但是，我看了有关的书，上面说国外现在已经把这个界限提到了六个月。"邹安试探地说。她耍了一个小小的花招，那书上说的是1岁，邹安把它缩短了一半。她看了那本资料的出版时间，已经过时了。她想科学在日新月异地发展，这样一个小小的修补术，对于已经能嫁接基因的医学来说，应该是易如反掌的事情。

　　秃顶的医生什么也没说。也许他识破了邹安的谎言，可是他还是点了头。"从理论上说，手术是越早越好，有利于恢复得像正常孩子。但是，太早了，孩子太小，手术的麻醉风险太大。"过了一会儿，他补充道。

　　邹安误会了医生的话。假如他说的是"危险太大"，她就会慎重地考虑。但医生说的是"风险"，邹安就以为是指医务上的麻烦多。她就使劲说服医生，为她的小婴儿开一个绿灯。

　　"我相信您。我们会让孩子一辈子记着您，感谢您的。是您让他成为一个正常的孩子的。真的，我希望越早越好，现在邻居和别的人，都不知道他是一个兔唇，修好了，就永远不会有人知道这个秘密了。不然，就是补得天衣无缝，人们还会指着他的后背说，他以前是个豁豁嘴……"她把医生当成自家的亲人，充满希望地说。

　　医生频频地点头，说："既然你这样强烈地要求，我们可以一试。有许多很小的婴儿，做过比这更复杂的手术，国外甚至还有给胎儿做心脏手术的先例。不过，因为与常规不符，所以你得写一份书面的文字材料，说明这是你的要求。万一出了什么意外，与医院无关。当然，你要是不愿意，就此作罢。"

这其实是邹安挽回孩子生命的最后一次机会。但人们常为医生的坦诚所迷惑，以为他既然预料到了事情的最坏处境，必是有了相应的准备，后果自然也就不会那样悲惨了。人们总以为医生在吓唬人，医生也乐意人们这样以为，这样就可以有恃无恐地干许多事了。

邹安签了手术委托书，她的签名很潇洒。医生说，你的字很漂亮。

多么微不足道的一句话！从小到大，有许多人夸过邹安的字，邹安已经对这方面的夸奖无动于衷，但是医生这句随口的话仍是叫她好欢喜，觉得这是一个好兆头。医生既然注意到了她的字，就证明注意到了她对医生的信任。医生会对她的儿子格外认真的。

"孩子除了先天性唇裂以外，其余非常正常。"医生满意地说。这是一块结实的石头，在上面是可以雕出好花样的。

"是啊。他是个非常健壮的男孩。"邹安骄傲地说。她从未能为自己的孩子骄傲过，这一次，在这个外科医生面前，她知道了做一个完美孩子的母亲是多么惬意！

"如果这是你最后的决定了，就把孩子留在我们这儿。"医生说。

"为什么？"邹安没想到她抱着孩子来，却要空手回去。做手术也像修电视机一样，需要放下东西回家静等吗？

"假如决定手术，就由我们的护士负责喂养，以建立感情。你想，在手术恢复的过程中，孩子是不能哭的。一哭，缝好的嘴唇就裂开了。假如直到手术前孩子才离开妈妈，手术后都是陌生人，孩子怎么能不哭呢？假如是大一点的孩子，还可以做思想工作，或者干脆吓唬他们。但对这么小的婴儿，只有让他暂且忘记你的脸，记住护士的面孔……"医生娓娓解释着。在医生的逻辑面前，你往往有一种被催眠的感觉，说不出反驳的话。

邹安就两手空空地回家了。

邹安原原本本向妈妈学了医生的话。妈沉吟了半天说："孩子是你的。他那么小，自己又决定不了自己的事。可不就由你说了算。你可要慎重。"

邹安说："妈，可我是您的。你说了算。"

妈说："我没碰见过这样的事。你们生下来的时候，零件都好好的。"

邹安说："妈！连您都讥讽我。我更要让孩子早早把手术做了，成为一个完整的人。"

妈抚摸着邹安的头发说："妈不是那个意思。妈只是想说，这么急着做手术，是为了孩子，还是为了你自己？"

邹安听出了妈的意思，就说："是为了我。但更是为了孩子。我不断地想，如果我小时候是个豁豁嘴，一定希望在我还不懂事的时候，把它治好。等长大以后，疼也忘了，丑也忘了，完全和正常人一样。假如我的父母推卸了这份责任，非要等我长大了，自己做主，看似仁慈，实则残忍。"

妈还不死心，说："你不和他的爸爸商量商量？"

邹安说："这是我制造出的产品，我说了算。"

妈就有点生气了，说："那你还是我造的呢，我说了怎么不算？"

邹安就恼羞成怒，说："要是你不给我吃兔子肉，这些事就都没有了！"

她明知兔子肉和这事没关系，还是要狠狠地说。

妈就再也不搭话了。

在等待手术的日子里，邹安焦灼不安。好多次她想跑到医院，抱回自己的孩子。她想对医生说："我们不做了。我们就这样也挺好。或者等他大些再说吧。"这句话像洪水中的圆木，不停地在思绪中翻滚。直到在睡梦中都流利地说了出来。

妈赶忙爬起来说："我的儿！你终于想通了，这多好。我们天一亮就到医院去，把孩子抱回来。"

邹安揉着眼，面无表情地说："刚才的话不算数。"

妈就噎在那里，觉得自己的脖子立刻长出一个包。

终于到了手术的日子。邹安早上穿了自己最好的衣服，到医院里去。为什么要穿漂亮的衣服呢？儿子还认识妈妈吗？是不是要在孩子的眼里留下最好的模样？她想了半天，才模模糊糊地觉得自己是胆怯了。女人在胆怯的时候，要么借助食物，要么借助衣物，才觉得自己有所依傍。

妈妈说："我跟你一块去吧？"

邹安顽强地说："不用。这是一个很小的手术。"其实她心里太渴望妈妈和自己一道去了。只要妈妈再坚持一下，她就答应妈妈同去。但是妈妈再没说什么。邹安等了一会儿，见妈妈不会有新的言语了，就毅然决然地出了门。在出门的一刹那，她突然明白了：其实妈妈心里也害怕医院里漫长的等待。

当邹安真的站在医院的时候，心情反倒平静了。许多重病的人都生机勃勃地活着，她的小儿子一定会被修补得天衣无缝。到那时候，她一定全心全意地爱他。

她看到秃头医生，真想对他说点什么。说什么呢？无非是拜托了，您多辛苦这类的话，她觉得很俗套。但是不说这些，又说什么呢？她还没来得及想出得体的措辞，秃头医生就先开了口："看看你的儿子吧。看比你自己带的时候是胖了还是瘦了？"

邹安赶紧说："在您这儿，我很放心。"

秃头医生面无表情地让护士把孩子抱过来。几天不见，孩子好像长大了，除了他的嘴，实在是个英俊的男孩。邹安突然对他充满了怜爱之情，紧抱在胸前。感觉到他小小的心脏，像一面小鼓，快速而匀称地跳动着……

那个孩子哭了，不安地挣扎着，向四处寻觅……邹安一下有些慌，虽然她以前不是常抱孩子，但小家伙跟她还是挺熟的。这是怎么了？

护士接过去，孩子就好了。

医生满意地说："这就好了。我们在手术前，都要做这样一次试验。要是孩子还舍不得妈妈，手术就得推迟。现在很好，我们可以开始了。"

邹安最后看到她的孩子，小家伙已经被冬眠了，宁静地躺在手术车上，就要进入手术室。他是那么的小，躺在漂白的手术床单上面，像一本折皱的书。护士轻快地推动着，好像那是一辆空车。

邹安目送着车，她看到那个小小的人儿，很香甜地咂嚼了一下，而且那笑容像春天的一只小鸭子，调皮地浮动在婴儿的脸上。

邹安一会儿坐下一会儿站起来。医院手术室外的座椅，被无数亲人的肌肤，磨出油亮的木纹。邹安想，这些椅子将来就是朽了，被人捡去当柴烧，火焰都得是黑色的。

她看过许多关于这方面手术的书，因此可以穿透墙壁看到里面的情景。

他们给他施行全身麻醉……他们切开皮肤……他们用头发做的丝线开始一层层细密地缝合豁口……他们……

真是无比痛苦的煎熬。邹安觉得自己的双肩像乘坐翻滚过山车一样，被坚硬的钢箍扣死。心脏想冲破皮肤，在光天化日下跳动。流动的血成了渣滓，晦涩地粘在咽喉。眼球变大，身体温度不断地升高……

随着时间推移，邹安渐渐麻木下来。她知道手术就要结束了，可怕的过程已走到尽头。

邹安对自己说，等儿子长成翩翩美少年时，我一定要告诉他，我今天心灵受到的折磨。

一个护士急匆匆地跑出来，说："谁是邹安的母亲？"

邹安一时没听明白，愣了一下才反应过来。

当初孩子住院的时候，登记处问这孩子叫什么名字？邹安说："还没有给他起大名呢。等手术成功了，起个好名字。"

登记处说，那也得有个名字啊，不然怎么写病历？

邹安说，那就先填我的名字吧。

于是邹安慌忙站起来，说："我就是。"

护士说："快进去看看你的孩子吧。"

邹安说："手术成功了？"

护士说："手术倒是成功了，只是孩子不行了。麻醉太深了，孩子醒不过来了。"

这一次，邹安没晕倒。她梦幻般地跟着护士进了洁白的手术室，轻盈得仿佛在太空中穿行。

她的儿子宁静地躺在手术床上，无声无息，像一瓣已融化成水的雪花。

他的脸出奇的完美，父母双方的优点全显现出来了。尤其是他的嘴唇，修补得天衣无缝，曲线柔和得如同沙漠上最优美的沙丘。

一座白沙丘。

给我一粒脱身丸

一

"妈，要是有人管你借东西，你借不借给他？"李遥遥站在书柜前，双手抱着肩问。

三个书柜并肩排在一起，像三胞胎。一个是爸爸的，一个是遥遥的，妈妈没有分儿。妈妈只有几本"天车工应知应会"的书，都塞在她放工作服的工具箱里。

"当然应该借……"妈妈随口说道。但李遥遥双手抱肩这个很像大人的姿势，使她突然警觉起来。这么大的孩子了，绝不会连这么简单的道理都不懂，他的真实意图还没暴露出来呢！

妈妈耐心地等待着。果然，李遥遥接着说："假如他借东西是为了装样子，那你还借不借给他？"

"那就不借。"妈妈很干脆地说，"对这种又小气又爱摆阔的人，用不着客气！"

"好像也不全是这么回事……"李遥遥迟疑着，很难把这件事说清楚。因为其实他本人也不大清楚。而且大人们都有这个毛病，你跟他说开个头，他就没完没了地扯住你问，好像你被卷进了一起谋杀案。还是少说为佳吧！

"既然人家开了一回口，不好驳人家面子，要不，就借给他吧！"妈妈是刀子嘴豆腐心的人，只一眨眼，立场就不坚定了。"比如楼下你张爷爷家，那回上咱家借一套茶具。我想茶壶茶碗的，谁家能没有？可人家既然说了，我也什么都没问，就把咱家那套新钧瓷茶具借给他了。后来才听说，是他家一个远房亲戚从美国回来了，要到他家聊天。他们家的茶壶嘴豁了，茶碗也摔得不配套了。像这种事，虽说也是装样子，依我看，能帮还是帮忙吧！"

妈妈在回答李遥遥的问题时，常爱举自己的小例子。有时虽然不那么切题，李遥遥还是受到一种做人的启发。

"好吧。就借给他吧。"

李遥遥从书柜里往外搜书。搜出一本，想想舍不得，就又插回去。书挤靠得很紧，像沙漠边缘密密的防风林，好抽不好插。李遥遥忙活半天，手里只留下两本又薄又软的小册子，像早点摊上不够分量的冷油饼。

"你就打算拿这个借给人家啊？我以为是借什么呢，原来是书！甭管是谁，借书是好事。把最好的书借给人家，这才是正理。"妈妈很严肃地说。

李遥遥只得挑了 5 本好书，又拿出他跟爸爸去参观汽车博览会时人家发的彩色画册，拆下几张给书包上了皮。（他挑的画页都是光印着外文说明的，有彩色汽车图案的，其他的李遥遥还得留着自己欣赏呢！）

"遥遥，这书是借给谁的？"妈妈问。

"借给老师。"

李遥遥懒洋洋地把书塞进书包。

二

"爸爸！您到底给不给我找书呀？"朱丹急得直跺脚。可惜海绵拖鞋跺在柔软的地毯上，一点儿没气势。

"找什么书？"爸爸把目光从精装外文书上缓慢地移到朱丹脸上。

"跟您说多半天了，您到底是听还是没听啊？您的听神经是不是出毛病了？"朱丹大声嚷。父母都是医生，耳濡目染，她也很能操纵一些医学术语了。

爸爸一点不生气。繁重的工作之余，听小女儿这样跳着脚的吵闹，也是一种调剂。看她脸涨得通红，嗓门洪亮，这都是生命力旺盛的表现。假如全世界的人都这么活蹦乱跳，他也不用这样刻苦钻研了。

"听到了！你们学校让你们每人捐5本书，是不是啊？支援灾区，这是好事情嘛！你有那么多教学参考书和辅导资料，快去挑5本！这件事，我和你妈妈都支持。你长大要想成为一个好医生，首先要有一颗博大的爱心……"爸爸抚摸着朱丹的头发，很慈祥地说。

可是，这是一通多么牛头不对马嘴的谈话！朱丹真伤心。爸爸的听神经没有问题，可耳朵是一条海底通道，朱丹同他讲的话，像一列高速火车，从中间开过去了，不留一丝痕迹！

朱丹索性不再向爸爸解释，单刀直入地说："人家恰好不要教学参考书！"

"灾区小朋友怎么能不要教学参考书呢？"爸爸遗憾地像面对讳疾忌医的病人。

"人家要课外书！只要课外书！"朱丹把自己的话压缩得简单而明确。只有这样，才能让沉迷于医学海洋中的爸爸，明白无误地听懂。

"唔，是这样。也好，灾区小朋友可以开阔眼界。这也算一家之言嘛！不过，我以为……"爸爸轻轻站起来，走到朱丹的书架前。清一色的难题解析、试卷汇编和自学指南……像是恭顺的仆人，随时准备为主人效劳。

"……还是这些书最好。"爸爸很肯定地说。

朱丹突然为自己感到深深的悲哀。什么"书是人类进步的阶梯"，"书是最美妙的精神食粮"……这些书不是！它们是蝗虫，把她的课余时间吃得寸草不生。它们是些蹩脚的厨师，把吃过的剩饭一次又一次热了端上来，直到一看到它们，太阳穴就乱蹦乱跳，嗓子眼就开始发威……那些做不完的习题，就像脚上的臭袜子，今天洗干净，明天它又来了。洗啊洗啊，写啊写啊，永远没有尽头……

她恨这些书！

"人家不要，你就另找几本书吧！"爸爸已经开始往回踱了，他认为问题已经解决。

"可是，我没有一本其他的书！"朱丹抗议般地说。

"这样吧，我和你妈妈有一些不看的书，你从中挑几本。"

朱丹很失望。她本想借这个机会，使爸爸、妈妈改变一下做法。没想到爸爸又补充了一句："好书不厌百回读。你以后还可以把这些题再做一遍！"

真是烧香引来鬼！

"哎哟！奶奶啊！糟了糟了！"

当范熊把书包甩到肩膀上的那一刹那，突然像被谁用锥子扎了脚心，大叫起来。

"小祖宗！又怎么啦？老这么一惊一乍的！"奶奶踮着小脚从里屋跑出来。

"书！忘带书了！"

"哪本书？是写着洋毛子文的还是那画光屁股小人的？说清楚喽，奶奶给你去找！"

"什么叫光屁股小人啊！那叫生理卫生！不是！都不是！"

"那是什么书哇？"

"那是什么书，我也不知道！反正咱家没有！"

"这孩子，十好几了，跟奶奶逗什么闷子呢！没有的书，你叫奶奶到哪儿去找？真不听话！"奶奶在躺椅上舒舒服服地蜷起了身子。

"是老师布置让每人交 5 本书。奶奶，快帮我找啊！"

"咱家啥都不缺，就缺书。"奶奶长叹了一口气。

"那可怎么办哪？"范熊伸出胖得满是坑的手，做出一个要揉眼睛的动作。

"甭哭甭哭！奶奶给你钱！有了钱，什么都能买来！"说着递过一张十元票子。

"不够不够！"范熊直撇嘴，"您这点钱，只够买小人书的！"

奶奶半信半疑，但她愿意自个儿的孙子买几本敦敦实实的厚书拿到老师那儿，给自家做脸，就又给了十块钱。

范熊把钱揣在后屁股兜里，刚出门，又弯了回来，愁眉苦脸地说："奶奶，今儿个上学就得交书。"

"不是叫你买去了吗！"

"这么早，哪有卖书的摊哇！您当是这跟买馄饨炒肝似的，大清早就有人卖哪！"

"这可咋办？缓个一天半日的不行？还那么严！"奶奶瘪着没牙的嘴。

"本该昨儿个就交齐的，我给忘了，人家都缓我一天了。今儿个是说什么也得把书带去。"范熊索性不走了，坐在躺椅扶手上，等着奶奶想办法。

"对喽！上回你爸爸从海南趸货回来，好像带了几本书说是路上看着解闷的。你等着，别着急，奶奶给你找！"奶奶说着，像只老猫似的，扶着膝盖，钻进了床底。

范熊不忍心奶奶受累，说："奶奶，您出来吧，我进去找！"

"你给我好好一边歇着！这么紧巴点地方，你那块头进得来吗？去，给我把拐棍拿来，我把这堆烂鞋再翻一翻。"奶奶的声音从床底下传出来。

奶奶提着几本书，从床底钻出来。范熊刚想说几句感谢的话，突然瞧见最上面一书名《手相大全》，大叫起来："这可不行！"

"那这本呢？"

《麻将高级打法》，"这本也不行！"范熊说。

"你爸爸只有这书。嗨，拿去交差就是了！我就不信，那么多书，老师还真一本一本看？奶奶掸着衣角说。

对！先拿去交差再说！

四

班主任看着同学们交来的几百本书，心里挺感动。

"现在，我们推选一位同学保管这些书。负责登记，送到指定的地方。还有一些具体的安排，图书室老师会告诉这位同学。大家看，选谁好呢？"

同学们面面相觑。这是个可疑的差使，书是各家各户凑的，真要折了边角或者丢一本，还得打官司。学习这么紧，还是少管闲事！

半天没人吭声。几位班干部已做出"先天下之忧而忧"的姿态，准备积极响应班主任的号召。

李遥遥举手。

"好。我们欢迎李遥遥同学……"班主任很高兴。

"不……我只是想问一个问题。"李遥遥站起来说。

"你说吧。"班主任虽然失望，依然微笑着。

"这些书借给大家吗？"

班主任明显地叹了一口气，李遥遥带来的书最新最好，他不愿借给别人。"你放心，这些书都是不外借的。"班主任示意李遥遥坐下。

李遥遥站在座位上，又举起了手。

"你还有什么要问的？"

"我报名当图书保管员。"

"你真傻！"李遥遥坐下后，他的同桌朱丹小声说："这活又费力气又搭工夫。而且书都是旧的，像旧衣服一样，沾染了很多病菌，多脏啊！"

"是吗？"李遥遥恍然大悟的样子，"想不到你这么讲卫生！对了，你带钱了吗？"

"带了。要借多少？"朱丹慷慨解囊，打开一个粉红色缀满珠子的小钱包，里面有一张五块钱和一沓破旧的角票。"要借的太多，我可没有了。"

"钱比旧衣服和书可脏多了，你还不照样带着它当宝贝！"李遥遥得意地笑了。

"你这个人，怎么这么不讲理！人家是好心！"朱丹啪地合上钱夹，声音之大连最后一排都能听到。

李遥遥也感到自己这种以子之矛攻子之盾的方法，有点对不起人，可是，男孩子才不会把这种小事总放在心上呢。

"恭喜高升。"下课后，范熊走过来。

"升什么？"李遥遥一时摸不着头脑。

"升了图书看守啊！"范熊一本正经。

李遥遥忍不住笑起来："这名够损的。我主要是想能借机看点书。"

"甭管怎么着吧，你现在是这拨书的现管了。我得贿赂贿赂你。"范熊很严肃地说，然后掏出一个淡绿色的铁盒子。

"什么东西？"李遥遥吓了一跳。

"韩国的泡泡糖。告诉你吧，外国的泡泡糖吹的泡泡，比中国的泡泡糖吹的泡泡要大。"

"留着你自己吹泡泡吧。直说，什么事？"李遥遥挡开了淡绿色的铁盒子。

"真是个廉洁的好干部。"范熊夸张地翘了翘胖胖的大拇指，凑过来说："等回头你造册登记的时候，先别写我带来的那几本书名。等明天我另给你带几本来。"

李遥遥看了看那些沾满蛛网的书，很果断地一挥手："本看守决定了，你拿走吧！不过，明天一定要带几本像样的来！"

五

1. 每天中午午休时，必须到图书室来。

2. 对陌生人一定要有礼貌。

3. 不许说对学校不利的话。

图书室的尧老师对各班来的图书看守，宣布了约法三章。大家都傻了眼。

李遥遥深深感受到朱丹的先见之明，这绝不是一件好差事。午休时到图书室来，这要求李遥遥从此同篮球绝缘，他虽然爱看书，但也不愿毫无自主权地天天来坐着。对陌生人要有礼貌。图书室从即日起不再对全体同学开放，等着迎接区里来抽查的检查人员。这陌生人，指的就是私访的检察官。至于最后一条，就更令人云山雾罩了。学校今年的图书经费都买了书柜，就没钱买书了，因此才要大家凑书来装点门面。这样的事，当然是不能说的。可万一陌生人问到别的事，谁知道当说不当说？

可既然来了，就回不去了。

几个中午坐下来，除了那不知何时将至的陌生人，像乌云似的在头顶盘旋，别的还挺好。

图书室是一座低矮的平房。也许以后会盖成高楼，但李遥遥估计自己那时已经上大学了。

无论什么时候推门进去，都会闻到轻微的霉味，好像走进潮湿的灌木林，然后才会闻到淡淡的油墨味。

不过，靠墙有一溜很有风度的书柜，乳白色的，像医院的药柜一般洁净，闪着白贝壳一样的亮光。

"买了酱油就买不了醋。"尧老师气哼哼地说。

李遥遥终于明白了：因为经费有限，买了书柜就无钱买书。现在，区里要来检查，这关系到学校的荣誉还有老师们的工资问题，因此只好想出这个办法。

每个班收集的图书，装在一架雪白的书柜里，富丽堂皇。

书不外借，但图书看守们是可以随便看的。别的同学不让进，看守们必须每天来，不能让图书室太空旷。

一天过去了，又一天过去了。没有陌生人到图书室来。

李遥遥终于知道了什么叫作等待！

"走！打球去！"午饭后，范熊抱着篮球招呼他。

李遥遥苦笑着摇摇头。

"唉！你算什么看守？自己倒成了犯人！"范熊快活地拍着篮球跑了，把这句倒霉的评价留给他的伙伴。

李遥遥开始看书。范熊的话不完全对，此刻，李遥遥感到自己是这几百本书的主人。它们像许多美丽的鸟，每一只都将把他驮到一个新奇的世界。他深深地被书中的内容吸引。

"小同学，你在看什么书啊？"一个声音像炸雷似的在头顶轰响。

他看到一张和气的面庞和一双智慧的眼睛。这是一位慈祥的老伯伯。

但他是一个陌生人！

李遥遥很懊丧。真是，刚才他为什么不同范熊一道去打球？就是尧老师批评他擅离职守，也要比这样好得多！

他真倒霉！

现在，同陌生人对话的责任，已经不容置疑地落到李遥遥头上。

"我在读德博诺的《发明的故事》。"李遥遥很恭敬地回答，并把封面翻过来。

老伯伯点了点头。他看出了李遥遥的不安，但他以为是自己吓着了他。

"这本书好看吗？"老伯伯问。

"很好看。讲的是人类在科学与进步中，所作的种种发明。"李遥遥镇静下来。

"能讲详细些，举一个例子吗？"陌生人把交谈变成了一场测验。

"当然可以了。"李遥遥喜欢同别人讲自己读过的书，他那活泼而不安分的天性，像雨后顶着小伞的蘑菇，一个劲儿往上蹿。"老伯伯，您知道你鼻梁上架的眼镜，是谁发明的吗？"

陌生人一愣，下意识地用手推了推眼镜，鼻梁上出现一个被压成紫色的坑。

尧老师急得直使眼色，陌生人一摆手："小同学，真遗憾，我戴了几十年眼镜，还真不知道眼镜是谁发明的。你告诉我吧！"

"关于眼镜，您得感谢古罗马的尼禄皇帝。他在竞技场看角斗时，偶然把一颗有圆弧刻面的钻石拿起来，放在眼睛前面，角斗士的面容突然清楚地浮现在眼前。这就是最早的近视镜了。"李遥遥侃侃而谈。十几岁的男孩子，是世界上最自信的人。

"你经常到这里来读书吗？"陌生人接着问。

"是的。"李遥遥回答得一点不含糊。以前他就经常来看书，最近更是天天来了。

"这柜里的书你看过多少？"老伯伯随手一指。

假如他指的是其他书柜，李遥遥只能说看过一部分。没想到陌生人指的是装李遥遥他们班图书的那个柜子。李遥遥说："一多半都看过了。"

"嗯？"这一声带有强烈鼻音的反问，显示出陌生人的疑问。

尧老师心想：你这个李遥遥，逞什么能啊！

李遥遥倒一点不慌张，他说的是真的嘛！

老伯伯随手从柜里抽出一本书，"这本你也看过了吗？"

尧老师的脸色，当时就变了。她可从来不会给学生买这种书！

李遥遥一看，细小的汗珠也像筛子似的布满鼻尖：这是范熊交上来的书。

"看……看过了……"李遥遥结结巴巴地说。他不愿说对学校不利

的话，他也不愿意说假话。

"想不到你们学校图书室里能有这种书。"陌生人把书皮举了起来。

一个巨大而不成比例的圆颅，一双仁丹粒一样的小眼睛。滴溜圆两个眼镜片。三根翘起的小胡子。身后还有一条粉红色的小尾巴。

这是谁？

大名鼎鼎的机器猫！

这就是范熊用奶奶给的 20 元钱买的那套好书！

"你喜欢这套书吗？"陌生人深不可测的目光，注视着李遥遥。

机器猫，神通广大的机器猫！你经常帮助康夫，这次是不是也发扬一下国际主义精神，帮助中国少年李遥遥？

"我只要一粒脱身丸。就是你的那种动物型脱身丸，吃了就能从尴尬的困境中躲出去。"李遥遥在心里向机器猫求助。

可惜日本的机器猫，摆着永恒的骄傲的微笑，不理睬李遥遥的呼救。

时间已经过去得太长了，再不回答，就会违反了第二条规定。至于第三条，哪些是有利于学校的话，李遥遥真是搞不清。烦死了，还是怎么想就怎么说吧！这是李遥遥的一个法宝，说真话，最省劲了。

他咬咬牙，说："喜欢。"

"我也非常喜欢。"老伯伯快活地笑起来，皱纹在他的眼角铺开一把精致的扇子。

"真的？"李遥遥高兴地用手拍了拍陌生人的手。大人们相识的时候是握手，少年们是拍手。拍手比握手好，它能发出清脆响亮的声音。

"我喜欢机器猫的善良和机智，还有我们很少有的幽默。你们能广泛拓展孩子们的兴趣领域，这很好。"陌生人对尧老师说。

尧老师脸上认错的苦笑还没来得及收去，频频点着头。

陌生人继续察看书柜里的书，眉毛突然打了结。他摊开一本包着黑色书皮的书问："这也是你们图书室的书？"

"是。"尧老师只能这样回答。

"《正常人体解剖学》……作为中学的孩子来读，是不是太深奥太专业了？"陌生人问。

"当然，您说得对……但是现在的孩子，什么书都爱看……"尧老师吃力地解释着。

李遥遥很同情尧老师。那些包有黑色 X 线胶片衬纸的书，都是朱丹拿来的，她只有这种书。

"那么这本呢？"老伯伯又抽下一本黑皮书。

陌生人这一次没有念出书名，他犀利的目光像雷达一样，在尧老师面孔上扫描。

那本书的书名叫作《计划生育手术图解》。

六

终于可以把各人的书领回家了。

李遥遥把自己的书摞在课桌中线上，好像那是一沓优质的砖头。

他用手推推朱丹。朱丹没理他。女孩子就是这样，你已经完全忘了是怎么回事，她们还在生闷气哪！

"未来的医生，你愿意看几本医学以外的书吗？"

不会变形的金刚

"妈妈，咱们走吧！我不要变形金刚。"10岁的儿子对我说。

这是一家新开的百货商场。作为一个家境不宽裕的主妇，每逢我带着儿子逛商场的时候，总是像避开雷区一样躲着玩具柜台。这一家商场的经理很精明，在一进门通常飘荡着化妆品香味的大厅处，摆满了令人耳目一新的玩具。

猝不及防！

我踌躇着是否退出去。商场门口贴着优惠展销各式毛线的海报。我需要买毛线织一条暖和的围巾和一顶美丽的帽子。

毛线也不是"仅此一家，别无分店"，换个地方买吧！我紧拉着儿子的手，稍微用了点劲，准备找一个适当的理由，领着儿子离开这里。

只是这理由需编得圆满。10岁，正是清清纯纯又混混沌沌的年龄。我不愿让他过早地知道金钱的效力和家中的困窘，又怕他稚嫩的心因为买不到心爱的玩具而受到折磨，真想用手掌遮住他的眼睛……

不料儿子却说出了这样的话！

"妈妈，咱们走吧！我不要变形金刚。"

我真不知该怎样感谢儿子的懂事才好！

为此，我诅咒那些美国人、日本人、香港人……我说不上发明出的这种奇异而巧妙的机器人玩具——变形金刚，具体是他们其中的哪一拨子。"红蜘蛛"、"擎天柱"、"恐龙刚索"强盗一样霸占了儿子每个星期六和星期天的晚上，闹得我连电视新闻也看不周全。当他们通过屏幕把这些无中生有的形象，像烙铁一样印进孩子们的梦境之后，成千上万造型惟妙惟肖的变形金刚们，就像蝗虫一样杀上玩具柜台，像吞噬非洲的庄稼一般咽进父母们的钞票。

　　如果不是有熙攘的人流，我真想俯下身去亲亲儿子那光滑的有着细密汗珠的额头，然后舔舔嘴唇，他的汗是咸而微甜的……

　　但我立刻发现局势并不像我想象的那么乐观。儿子的身体已转向挂着厚重皮门帘的商场大门，脚却像焊在水磨石地面上。尤其是脖子，顽强地拧向柜台，眼睛在很长的睫毛掩护下，眨也不眨地盯着变形金刚们。

　　形形色色、花花绿绿、风采各异、身量不等的机器人家族，沉默地用潇洒和傲慢，与我的儿子对峙。

　　我真佩服小孩的骨质柔软。唯有他们同柳枝一般弹性而细嫩的颈椎，才能维持如此不舒适的回眸姿势达这样久……

　　我的心像泡进醋酸中的蛋壳，迅速消融。

　　不就是一顶帽子和一条围巾吗？我是那个过去了的时代实行"晚婚晚育"的模范，儿子虽才10岁，我已逾不惑。今冬第一阵北风袭来的时候，我感到头皮顶一阵冰凉，这才发现最高处的头发已经稀疏。变白了的头发不但有碍观瞻，而且保暖的功能也差了。我是个巧手的女人，除了会车漂亮的零件以外，还会织毛衣和做菜。我打算给自己织一顶美丽的帽子。为了不显得突兀，还需要一条长长的围巾与之配套。我把这打算同丈夫讲了，他默默地熄灭了手中的烟。当然他不是长期戒烟，从我认识他那天起，我就知道他在别的事情上有毅力而这件事上绝对不行。吃菜的时候我们都抢着吃菜而避开肉，这使儿子不但没发现菜内的肉有所减少，反而以为最近的伙食比以前好了。

我可以不要帽子。我有一条旧的方头巾，把它拼命向前戴，就可以护住头顶。生儿子的时候落下的毛病，一受风我的头就像被槌敲击似的疼痛。只是那样子可能不大美观，像一个肃穆的阿拉伯女人或是童话中的鸡妈妈。不过，那又有什么呢？我的儿子将会有一件他心爱的玩具了。

我也瞥了一眼柜台。变形金刚们很贵很贵，一顶帽子和一条围巾，只够买一条大型金刚的腿……

而且，丈夫会说什么呢？他总说我惯着儿子，同阔人家比，要知道我们是最普通的蓝领。

蓝领的儿子，就不能有变形金刚吗？

我几乎要下定决心了。我身上的钱够买一个最小号的变形金刚。对丈夫，我会编出一个美满的不要帽子的童话。

可惜儿子到底是小孩子。就在这希望曙光已经出现的时刻，他突然把头和身子扭向门，很果决地说："妈妈，咱们快走吧！报纸上说了，变形金刚是外国小孩都不玩的东西了，才运到中国来，骗咱们的钱。"

他拉着我的手就要走，小手湿漉漉的。眼光像同遗体告别似的，最后瞥了一眼柜台。他的小腿飞快移动，好像怕变形金刚们会突然生龙活虎地把他拽回去。

这话说得太成人气，连我都未想到如此不容抗拒的理由。儿子是品学兼优的三好学生。在这颗小小的清澄的灵魂面前，我觉得自己和丈夫都太自私了。我是为了自己，丈夫是为了我。

我几乎是一个箭步返回柜台，买了一个最小号的变形金刚。我不怕钱被外国人或港澳同胞赚去，也不怕秃顶头痛和颈椎增生。为了儿子的懂事，为了我和他心中的快乐。

那天晚上，儿子忘了吃饭，一直在玩变形金刚。他把小小的黑色手枪别在红色的"威震天"（这是那个金刚的名字）手中，旋转曲折之后，机器人就变成一架尾翼高耸线条流畅的轰炸机。它的结构确实精巧，美国"孩之宝"的标志，在儿子温热小手的摩挲下，不断由红色变为蓝色，又在室温下返回红色。

"变形金刚，随时变形状。汽车人为正义而战，为自由而战，意志坚强……"

儿子哼着变形金刚的电视主题歌，音色很美。

虽然挨了丈夫几句埋怨，我仍旧觉得自己的决策英明果断。变形金刚虽然昂贵，但这快乐的时光更昂贵。我可不愿儿子长大成为出色的人后，在一篇回忆录或自传中写道：我小时候很喜欢玩具，因为家境贫寒，只有眼巴巴地看着人家的孩子玩……

当然，儿子很可能只是一个普通的蓝领，那我也不希望他的童年留下深深的遗憾。孩子的快乐毕竟比较廉价，一个最小号的变形金刚，就使他如醉如痴。

"不能因为玩'威震天'影响了学习。"我郑重叮嘱，话语中掺进了少有的威严。

儿子以同样的郑重回答了我。其后几天，我假装无意实则很仔细地翻检了他的作业成绩，还好。儿子是个有克制力的孩子，只有做完作业才摆弄玩具。

真正的冬天到了。

丈夫又延长了他戒烟的时间。我再三解释旧围巾很好，他阴沉沉地说："你也该买一双棉靴了。"

我做出经他提醒才感觉到脚下发凉的神色，感激地冲他笑笑。

又一天晚上，我突然发现儿子拼装的变形金刚与我们买的那个不一样了，红色变成了黄色，长相也要狰恶许多，最主要的是个头，起码要大上三倍。

"这是什么？"我几乎是严厉地追问。所有的《父母必读》都谆谆告诫，对孩子的某一丝异常，都不可掉以轻心。

"这是'大力金刚'。"儿子很镇静地回答。口气亲切得好像"大力金刚"是我们家的亲戚。

感谢电视里坚持不懈地播映，我也初步具备了金刚家族的常识。"大力金刚"是另一派金刚们的头领。

我需要了解的当然不是金刚的绰号，而是金刚的主人。"我问你，这是谁的？"语气没有丝毫缓和。

"同学的呀！差不多每个人都买了，大家买的都不一样，互相串着玩。这样我们就能玩好多种汽车人和飞机人了！"儿子坦荡地看着我，完全没有听出我的问话中隐含着对他的猜疑。

我不由得有些内疚，却并不能保证下次就能改正。我对孩子的说谎和盗窃，怀有极大的恐惧，不得不高度提高警惕。

孩子们的交易挺聪明，大概类似原始部落的以物易物。这是个新鲜事物，我不知道该赞成还是该反对。看着儿子的勃勃兴致，我只是说："不管是'大力金刚'还是'威震天'，都不能影响了学习。要爱护别人的玩具。"

儿子听话地点点头。他是个乖孩子。

有人敲门。声音很小，位置很低。

儿子跑去开门。门扇开得很大，儿子是个好客的孩子。来人却把门扇微微合拢，好像他不是想走进而是要离开。然后才从门缝里缓缓挤进一颗胖胖的头。

这是儿子的同学，一个经常来问作业的男孩。名字我记不得，只叫他小胖。

小胖这次却并不是为了什么作业来请教儿子。他既不肯进来又不愿退去，卡在门缝里，满脸困窘地对着儿子，眼睛却瞟着我说："真对不起，我把你的变形金刚搞坏了……"

儿子的脸色突然变得苍白，我好像还没见到他受过如此重大的打击。

他从小胖手里接过散成一摊零件的'威震天'，平托在眼前，轻轻地吹着气，好像那是一只受伤的鸽子。

最初的震惊过去之后，儿子求救地看着我。

这是一个尴尬的场面。最初的一瞬，我惋惜地想到帽子和围巾。然而，我们还是面对现实吧。

我故意不看儿子，说："'威震天'是你的，你看怎么办？"

儿子还是默不作声，也许我的在场，干扰了他的决定。我转身走进里屋。

静默。我听见小胖喘息的声音越来越粗。我真想跑出去对他说："孩子，你可以走了。"可是，这决定应该由儿子自己做出。

"你是怎么给弄坏的？"儿子的声音充满愤怒。

"就这样……后来就啪啦一声……"小胖大概做了一个手势，我听见儿子喉咙里咕噜了一声，对这个害死"威震天"的动作恨之入骨。

怎么办呢？也许我该出面。变形金刚固然珍贵，但宽容比这更珍贵。我虽然相信自己平时对儿子的教育，但"威震天"对于他，相当于成年人的一台彩电，一架高级相机。拖延着的时间，对他对我对小胖，都是煎熬。

终于，儿子开口了。他好像走了很远的路，声音中含着一种虚弱，却还清晰。那是很简单的三个字："没关系……"

小胖噔噔地跑了，好像怕儿子会改变主意。

我长吁了一口气，好像自己也走了很远的路。我轻轻地吻了一下儿子的额头，他的汗咸而微甜。

"'威震天'死了。"儿子的眼里含着泪花。

"我试着把它粘起来。"我安慰儿子，自己也没有太大的把握。

我说过自己是个巧手的女人，但这个断成碎片的"威震天"还是使我煞费苦心。在耗费了比织一顶帽子多得多的心血之后，威震天终于栩栩如生了。只是它只能看，不能动。它再也不会变形了。

儿子是个典型的喜新厌旧者，他把全部的热情转移到"大力金刚"身上。变形金刚的生命在于变形，不会变形的金刚只是一件摆设。

儿子飞快地改变着"大力金刚"的形状。你不得不佩服美国人的机智，飞机的肚子居然能变成人的脑袋，严丝合缝，毫无破绽。

我也忍不住凑过去看。最好的玩具，对大人和孩子同样有魅力。正在这时，啪啦一声，高大的"大力金刚"像被炸药内部引爆，一下散了摊子，成为一堆碎片。

这是怎么回事？

儿子望着我，我望着他。

事情再明显不过，只是我们都不愿相信。"大力金刚"被搞坏了。

儿子徒劳地想把碎片镶起来，结果却使破坏更加严重。

我正在思忖如何处理，儿子已经很老练地把碎片收拢在一张纸里，准备出门。

"你到哪去？"我问。

"去还给人家。还有道歉。"儿子显出很有韬略的样子，事情安排得详略得当。

"'大力金刚'是小胖的吗？"我存着希望问。

"不是。"儿子说了一个同学的名字。

是她家！我的心往下一沉，又飘飘悠悠地上浮到咽喉。

那是一个很娇弱的女孩子。我对女孩倒没什么印象，只觉得她的妈妈是个高傲的女人。她们家境很好，属于丈夫所说阔人的范畴。给柔弱的女孩买如此大而凶恶的机器人玩具，丰衣足食可见一斑。

"你就这样去……行吗？"我迟疑地说，不知问的是孩子，还是我自己。

"还要带什么东西吗？"儿子不解地问。

我看着儿子清澄如水的目光，想说什么，却终于什么也没有说。

"妈妈，那我走了。"儿子一溜小跑而去。

"快去快回。"我不安地叮嘱。

没有回答。儿子已经跑远了。不过我相信他一定不会耽搁。

等啊等啊……许久许久……儿子还没有回来。

我的心像被钓住后亟待挣脱的鱼，左蹿右跳，激起巨大的涟漪。

为什么我不再多叮咛他两句！世上的人什么样的都有，你能原谅别人，别人却并不一定能原谅你。假如真的出现了某种不快，儿子他多少会有个精神准备。不然，当责备像暴风雨一样袭来的时候，他会惊愕地瞪大那双纯洁的眼睛，由着眼泪像自来水一样将它蓄满……

不，还是不要预先讲的好！也许一切都很正常，也许什么意外都不曾发生。好客的同学挽留儿子多坐一会儿，女孩的妈妈还给儿子剥开一个橘子，儿子很有礼貌地推让着……我的儿子是个讨人喜欢的男孩，人家一定会谅解他的，就像我们曾经谅解了小胖一样……

对！一定是这么回事，只能是这么回事！我庆幸自己没有用预想中的乌云，遮蔽孩子内心那片晴朗的天空。

尽管我不断说服自己，但随着时间的推移，内心还是越发忐忑不安。

终于，儿子回来了。他走路的步伐是那样的轻，直到眼前我才从沉思中蓦然惊醒。

我看了他一眼。只这一眼，就足够了。过去的这段时间，使儿子发生了巨大的变化，虽然表面看起来，只是他哭过了，流了许多泪，为了怕我发现，又站在冷地里等着风将泪水吹干。孩子的掩盖暴露了更多的东西。

我没有勇气问儿子详细的过程。重复那经过，无论对儿子还是对我，都是一种残忍。

"妈妈，人家要我们……赔……"大滴大滴的泪水从儿子脸上滚落

下来，我用手去接，因为刚从外面回来，那泪水很凉。

我想用母亲温馨的心捻成毛线，为儿子织一间温暖的小屋，可惜我不是整个世界。

也许我应该事先告诉儿子，但如果说了那恐怖的前景，而一切又没有发生，我岂不是玷污了一颗纯真的心！只要还有一丝可能，我也愿维持这种真诚直到最后。

现在，我们面临的是另一个问题了——成为碎片的"大力金刚"还有儿子那颗有折痕的心。

"既然损坏了东西，人家要求赔偿，当然是应该的。"我拭干儿子的泪水。

"那我去找小胖，叫他先赔我的'威震天'，人家说了一个'对不起'就值这么多钱啊？以后上商店买东西，甭带钱包，先说'对不起'，就行了！"儿子从地上弹射而起。

"你不能去！"我拉住他。儿子在我手下不驯地挣扎着，10岁的男孩已经有了小牛犊一样的蛮劲。

"为什么？妈妈！"儿子半仰着脸问我。

我不能回答。这世界上有许多像花布一样美丽的道理，却做不成衣服。

我却必须回答。一只母猫还要教会小猫如何捕鼠。我就是再为难，也得给儿子一个大致囫囵的道理。

"'对不起'是一种礼貌，它是不能用金钱来计算的。"

儿子顺从地点点头。这话大概同学校的老师们所讲差不多，他还勉强听得进去。

"小胖弄坏了'威震天'，你原谅了他，他很轻松，这是一件好事。"我做出循循善诱的样子，准备把儿子领进我的埋伏圈。

"可是人家不原谅我……妈妈！"儿子抗争着。他受到的羞辱比我苍白的说教，要有力得多。

"是的，儿子。每一件事，都可以有好几种处理的方法。唔，就像这些变形金刚，可以变机器人，也可以变飞机和汽车……懂！了吗？"

"懂……了。"儿子迟疑地点了点头，但我知道他不服，又不愿惹我伤心。

我把一直拉着儿子的手松开了。我很累，这世界上谁也代替不了谁。

儿子不再挣扎，孤零零地站在一边。

最大号的"大力金刚"，代表一个令人咋舌的数字。尽管我们还不用变卖家产，尽管街上也没有当铺，我还是有一种破产的感觉。

我和儿子揣着共同的秘密，迎回了家里最主要的男人。儿子可怜巴巴地看着我。希望我别说，又希望我快说。

我不想说又不得不说，想晚说又想干脆早说。人有时飞快地迎着一个东西跑过去，其实是为了躲开它。

丈夫听完后，居然在很长一段时间内保持镇静。然而这镇静像糖衣一样，包裹着的是苦涩的雷霆。

"说！你是怎么把这玩意给弄坏的？"丈夫拒绝叫那堆碎片为变形金刚。

"就那么一下……啪啦一下……就……"儿子看着我，语无伦次，希望我能为他作证。是的，当时我在场，可我也说不清，没有预谋的事情都说不清。

其实这个过程说清说不清又有什么关系呢？要紧的是它坏了。儿子以后再也不会去玩这种借来的宝贵玩具了。

丈夫眉头紧皱，眼里射出凶狠的光。儿子往我身后躲。

"你说你是成心的，还是故意的？"丈夫气急败坏，"说——"

我不知道成心和故意有什么不同，也不敢劝他。

"是成心的……不，爸爸，我是故意的……"在父亲的虎视眈眈之下，儿子来不及思索，急切地选择着他认为较好的动机。

"好你个小败家子！你爹干一个月，还挣不回这么个玩意儿，你倒好，充什么少爷坏子！我让你记住喽——"

丈夫抡圆了胳膊，呼地拍了过来。我用手臂架住，只觉得半边身子一震，触电般地直麻到中指尖。

他是干壮工的，出手极重。幸好我站的位置好，来得及阻拦。

儿子惊恐地愣了刹那，才"哇"地痛哭起来，好像挨打的不是我而是他。

"你还有脸哭！"丈夫气得呼呼吐气，"为了那个小玩意，你妈就没钱买线织帽子，这回再加上个大家伙，咱们一家连过冬的煤和大白菜都没着落了！"他又转过脸对我，"都是你惯的！"

我由着丈夫数落，只要他不再动手就成，从小到大，儿子没挨过打。

那是冬天里极冷的一日，从太阳里散发出来的不是热，而是冷风，我走进炉火不旺的家中，儿子的脸热得通红，眼睛也亮闪闪的好像夜空中的星星。我以为他发烧了。

"妈妈，你闭上眼睛。"儿子一说话，我就知道他没病。生病的孩子是不会有这么动听的嗓音的。

我闭上眼睛，心中像煮开的牛奶，不见波浪地荡漾。儿子将有一个小小的快乐送给我：也许是张 100 分的卷子，也许是个纸盒小瓶做成的手工。

"好了。妈妈，你可以睁开眼睛了！"

我还是闭着眼睛，迟迟不愿睁开。这是一种母亲特有的幸福。

"妈妈，你快点嘛！"儿子催促。

再耽搁下去，儿子该着急了，我赶紧睁开眼。眼前一片稀薄的淡绿，仿佛置身初春的草地。过了一会才看清，是儿子捧着一团绒绒的绿线。

这是我最喜欢的颜色。

"妈妈，你喜欢这颜色吗？"儿子眼巴巴地瞅着我。

"喜欢。太喜欢了。你怎么知道妈妈喜欢？"儿子已经大了，我对他讲话时提到自己，还是不习惯用"我"，而是依然用"妈妈"这个奶里奶气的称呼。

"妈妈忘了？从小到现在，您给我织的毛衣毛裤，都是这种绿色。我能从一千种颜色中找出这种绿色。"儿子怪我提了一个太简单的问题。

对某种颜色的喜爱，也许就是这样一代一代流传下来，像一个美丽的故事或是一首古老的歌。

"是爸爸带你去买的？"我真心地感激丈夫，他是那种外粗内柔的男人。

"是我自己去买的！"儿子颇有点自豪。

"你哪里来的钱？"我惊讶地问。

儿子不语，眼睛却直挺挺地瞪着我。

这孩子不会去偷吧？我脑中刚一闪过这念头，立即觉得是对儿子的亵渎。那一定是他捡废纸卖牙膏皮换来的钱了！可儿子近来并没有满手乌黑或回家很晚……不行，得问清楚。

我把毛线一股脑丢在床上，有几股缠绕在一起，这是很难解开的，也顾不上了。

"快说，哪来的？"我抱着最后的希望，求儿子给我一个合理的解释。

"我找小胖要的。"儿子极清楚极明白地回答我。

"找谁？"我已经听得很清楚了，可我还要问。我不相信，一向那么恭顺的儿子，竟敢如此不听话！

"找小胖。"儿子的口气中竟没有丝毫怯懦，勇敢地迎着我的目光。

我的头立刻像蜂巢一样嗡嗡作响。所有的含辛茹苦、所有的谆谆教导、所有的设计、所有的希望，都被这孩子的目光击得粉碎。

"你是怎么去要回来的？"我虚弱地问。

"就像别人跟咱们那样要回来的。"儿子似乎觉得我问得多余。

我的手慢慢地举起来。儿子以为我要抚摸他的头，便亲昵地倚靠过来。我猛地将手击在他的头上。在最后的一瞬，我想起杂志上说过不要打孩子的头的教诲，然而已经来不及了，只容得稍微一偏，劈在他的脖子上。

儿子的头骨还软。然而不像他极小时候那种柔软的感觉，而似一个充气很足并略有弹性的足球了。

我的手被有力地反弹回来。儿子没有躲避，他痴痴呆呆地望着我，仿佛不知道自己做错在哪里。

这是我第一次如此凶狠地打儿子。但我敢肯定，这不是最后一次。

儿子的泪和我的泪，交替地洒到绿毛线上。毛线因此变成浓淡不均，用它织出的帽子和围巾一定是很别致的。

以后，每当门扇被风吹开，又被风缓缓合上的时候，我都以为会有一个胖胖的圆头圆脑的小家伙出现。

小胖却再也没有来。他还了钱，也不要那个破碎的变形金刚了。

那个巨大的"大力金刚"，被我用胶粘好了。高高大大、威威武武，给我家平添了一股富贵奢侈之气。

现在，我们家有两个变形金刚了，可惜都不会变形。

儿子也从不去动它们。

一厘米

陶影独自坐公共汽车时，经常不买票。

为什么一定要买票呢？就是没有她，车也要一站站开，也不会少烧汽油。

当然她很有眼色，遇上认真负责的售票员，她就早早买票。只有对那些吊儿郎当的，她才小小地惩罚他们，也为自己节约一点钱。

陶影是一家工厂食堂的炊事员，在白案上，专做烤烙活，烘制螺旋形沾满芝麻酱的小火烧。

她领着儿子小也上汽车。先把儿子抱上去，自己断后。车门夹住了她背上的衣服，好像撑起一顶帐篷。她伶俐地扭摆了两下，才脱出身来。

"妈妈，买票。"小也说。小孩比大人更重视形式，不把车票拿到手，仿佛就不算坐车。

油漆皲裂的车门上，有一道白线，像一只苍白的手指，标定一米一。

小也挤过去。他的头发像干草一样蓬松，暗无光泽。陶影处处俭省，但对孩子的营养绝不吝惜。可惜养料走到头皮便不再前进，小也很聪明，但他的头发却乱纷纷。

陶影把小也的头发往下按，仿佛拔去浮土触到坚实的地表。她摸到儿子柔嫩的头皮，像是塑料制成，有轻微的弹性。那地方原有一丝缝隙。听说人都是两半对起来的。对得不稳，就成了豁豁嘴。就算对得准，要长到严丝合缝，也需要很多年。这是一道生命之门，它半开半合，外面的世界像水一样，从这里流进去。每当抚到这道若隐若现的门缝，陶影就感觉到巨大的责任，是她把这个秀气的小男孩带到这个世界上来的。她很普通，对谁都不重要，可有可无，唯独对这个男孩，她要成为完美而无可挑剔的母亲。

在小也的圆脑袋和买票的标准线之间，横着陶影纤长而美丽的手指。由于整天和油面打交道，指甲很有光泽，像贝壳一样闪亮。

"小也，你不够的。还差一厘米。"她温柔地说。她的出身并不高贵，也没读过许多书。她喜欢温文尔雅，竭力要给儿子留下这种印象，在这样做的过程中，她感觉自身高贵起来。

"妈妈！我够了我够了！"小也高声叫，把脚下的踏板跺得像一面铁皮鼓。"你上次讲我下次坐车就可以买票了，这次就是下次了，为什

么不给我买票？你说话不算话！"他半仰着脸，愤怒地朝向他的妈妈。

陶影看着儿子。一张车票两毛钱。她很看重两毛钱的，它等于一根黄瓜、两个西红柿，如果赶上处理就是三捆小红萝卜或者干脆就是一堆够吃三天的菠菜。但小也仰起脸，像一张半开的葵盘，准备承接来自太阳的允诺。

"往里走！别堵门口！这又不是火车，一站就从北京到保定府了，马上到站了……"售票员不耐烦地嚷。

按照往日的逻辑，冲她这份态度，陶影就不买票。今天她说："买两张票。"

面容凶恶的售票员眼睛很有准头："这小孩还差一厘米，不用买票。"

小也立刻矮了几厘米，而绝不是一厘米。买不买票如此强烈地关系着一个小小男子汉的尊严。

两毛钱就能买到尊严，只发生在人的童年。没有一个妈妈能够拒绝为孩子提供快乐。

"我买两张票。"她矜持地重复。

小也把他那张票粘在嘴唇上，噗噜噗噜吹着响，仿佛那是一架风车。

他们是从中门上，前门下的。前门的男售票员查票。陶影觉得他很没有眼力：哪个带孩子的妈妈会不买票？她就是再穷再苦，也得在自己的孩子面前能昂起头。

她把票很潇洒地交给售票员，售票员问："报销不？"她说："不要了。"其实她应该把票根保存起来。这样以后哪次集体活动或开食品卫生会，她骑车去，回来后可以用这张车票报销，夫妇都是蓝领工人，能省一点就省一点。可小也是个绝顶机灵的孩子，会追着妈妈问："咱们出来玩的票也能报销吗？"在孩子面前，她不愿撒谎。

这样挺累的，她按照各种父母必读上的标准，为自己再塑一个金身。你得时时注意检点，因为面对一个无所不在的观众。不过也充满了温馨与爱。比如吃西瓜。只要小也在，她一定时时提醒自己，不要把西瓜皮啃得太苦。其实在她看来，西瓜瓤与西瓜皮没什么大分别，一路吃下去，不过红色渐渐淡了，甜味渐渐稀了，解渴消暑是一样的。瓜皮败火，还是一味药呢。终于有一天，她发现儿子也像妈妈一样，把瓜皮啃出梳齿样的牙痕，印堂上粘了一粒白而软的嫩瓜子时，她勃然大怒了："谁叫你把瓜皮啃得这样苦？要用瓜皮洗脸吗？"小也被妈妈吓坏了，拿着残月一般的瓜皮战战兢兢，但圆眼睛盛满不服。小孩子是天下最出色的以子之矛攻子之盾的行家。陶影从此明白了，以她现有的家境要培育出具有大家风范的孩子，需要全力以赴的正面教育。这很难，就像用小米加步枪打败飞机大炮一样，并不是做不到。在这个过程中，她觉得生活多了几分追求。

今天她领小也到一座巨大的寺院参观，小也长这么大，还没见过佛。陶影心里是不信佛的，她不会让小也磕头。这是迷信，她知道。

门票五块钱一张。如今庙也这样值钱了。票是红案上的老张给的，期限一个月，今天是最后一天。老张神通广大，什么人都认识。有时拿出一本像撕掉皮的杂志说："见过吗？这叫大参考。"陶影觉得论个头，它可比报纸样的参考消息要小得多，怎么能叫大参考呢？问老张，老张也说不清，只说别人都这么叫，许是把杂志拆开来一张张铺开，终归是要比那张小报大的。想想也很有理。仔细看那大字印的参考，上面还在议论海湾战争会不会打，其实大家都在谈伊拉克的战争赔款问题了，说他们除了伊拉克枣，不知道还有什么。不管怎么说，陶影还是佩服老张。为了这锲而不舍的佩服，老张给她这张票。"就一张啊？"感激之余，陶影还不满足。"爷们就算了，领孩子开开眼呗！不满一米一的孩子免票。实在不乐意去，到门口把票倒腾出去，够买俩西瓜的！"老张设身处地为她着想。

她特地倒休带小也来玩。

京城里难得有这一大片森然的绿地。未及靠近，便有湛凉的冷绿之气漫溢而来，仿佛正要面临一座山谷或是一道飞瀑。小也从妈妈手里夺过门票，又含在嘴里，飞快地跑向金碧辉煌的寺门，仿佛一只渴极了要饮水的小动物。

陶影突然有些伤心。不就是一座庙吗？怎么连妈妈都不等了，旋即又释然，带儿子出来，不就是要让他快乐嘛！

庙门口的守卫是一个穿着红衣黑裤的青年。想象中应该穿黄色工作服，现在这一身打扮，令人想起餐厅和饭店。

小也很流畅地跑过去，好像那是流量很大的泻口，而他不过是一滴水珠。红衣青年很敏捷地摘下他口中的票，仿佛那是清明节前的一片茶叶。

陶影用目光包裹着儿子，随着小也的步伐，这目光像柔软的蚕丝从茧中抽了出来。

"票。"红衣青年拦住她，语句简单得像吐出一枚枣核。

陶影充满感情地指了指小也。她想所有的人都会喜欢她的儿子。

"我问的是你的票。"红衣青年僵硬地说。

"刚才那孩子不是已经给你了吗？"陶影安静地解释。这小伙子太年轻，还没来得及做爸爸。今天出来玩，陶影心情很好，她愿意有始有终。

"他是他的。你是你的。"红衣青年冷淡地说。

陶影费了一番思索，才明白红衣青年的意思：他们娘儿俩应该有两张票。

"小孩不是不要票吗？"陶影不解。

"妈妈你快一点啊！"小也在远处喊。

"妈妈就来，就来。"陶影大声回答。附近有人围拢来，好像鱼群发现了灯光信号。

陶影急了，想赶快结束这事件，她的孩子在等她。

"谁说不要票？"红衣青年歪着头问，他挺喜欢人越聚越多。

"票上说的。"

"票上怎么说的？"红衣青年仿佛一个完全的外行。

"票上说不足一米一的孩子免费参观，超过一米一的孩子照章购票。"陶影自信自己背得一点不错，但她还是伸手想从废票箱里掏出一张，照本宣读比背诵更接近真实。

"别动！别动！"红衣青年突然声色俱厉。陶影这才感到自己举动不当，像冬天触到暖气片似的缩回手。

"您很清楚吗？"红衣青年突然称她为"您"。陶影听出了敌意，还是点点头。

"可是您的孩子已经超过了一米一。"红衣青年很肯定地说。

"没有，他没有。"陶影面带微笑地说。

人们天生地倾向母亲。

"他从这里跑过去，我看得很清楚。"小伙子斩钉截铁。他顺手一指，墙上有条红线，像雨后偶尔爬上马路的蚯蚓。

"妈妈，你为什么还不进来？我还以为你丢了呢！"小也跑过来，很亲热地说，好像他妈妈是他的一件玩具。

人们响起轻微的哄笑。这下好了，证据来了，对双方都好。

红衣青年略略有些紧张。当然他是秉公办事，当然他明明看清楚的。可这个逃票的女人不像别人那样心虚，也许，这才更可恶。他想。

陶影果然很镇定，甚至有点洋洋得意。儿子喜欢热闹，喜欢被人注意。这种有惊无险的遭遇，一定会令小也开心。

"你过来。"红衣青年简短地命令小也。

人们屏气静心等待。

小家伙看了看他的妈妈，妈妈向他鼓励地点点头。小也很大方，轻轻地咳嗽了一下，又揪了揪衣服，像百米赛跑冲刺似的撞开了众人的视线，雄赳赳气昂昂地走到了红蚯蚓旁。

于是——人们无可置疑地看到——红蚯蚓挂在小家伙的耳朵上。

这怎么可能？

陶影一个箭步冲过去，啪的一下打在孩子的头颅上，声音清脆，仿佛踩破一个乒乓球皮。

小也看着陶影，并没有哭。惊讶大于疼痛，他从未挨过妈妈如此凶猛的一掌。

"打哪也不能打头哇！"

"这当妈的！有钱就买张票没钱就算了，也犯不着拿孩子撒气哇！"

"是亲妈妈？看模样倒还像……"

人们议论纷纷。

陶影真慌了。她并不是想打小也，只是想把他那鸡冠子一样高耸的头发抚平。她悲惨地发现，小也纵是此刻变成一个秃子，身高也绝对在这条红蚯蚓之上。

"小也，别踮脚尖！"陶影厉声说。

"没有，妈妈，我没有……"小也带出哭音。

是的，没有。红蚯蚓残忍地伏在比小也眉头稍高的地方。

红衣青年突然像早晨醒来时伸了一个懒腰，他的眼光很犀利，抓到过许多企图逃票的人。"买票去！买票去！"他骄横地说，所有的温文尔雅都被红蚯蚓吮去。

"可是，他不够一米一。"陶影感到了自己的孤立无援，顽强地坚持。

"所有逃票的人都这么说。信你的还是信我的？这可是全世界统一的度量衡标准，国际米尺保存在法国巴黎，是纯铂制成的，你知道么你？"

陶影目瞪口呆。她只知道做一身连衣裙要用布料两米八，她不知道国际米尺保存在哪，只敬佩这座庙里的神佛，它使她的儿子在顷刻之间长高了几厘米！

"可是，刚才在汽车里，他还没有这么高……"

"他刚生下来的时候，更没有这么高！"红衣青年清脆地冷笑。

在人们的哄笑声中，陶影的脸像未印上颜色的票根一样白。

"妈妈，你怎么了？"小也逃开红蚯蚓，用温热的小手拉住妈妈冰冷的手。

"没什么，妈妈忘了给你买票。"陶影无力地说。

"忘了？说得好听！你怎么不把自己的孩子给忘了？"红衣青年还记着这女人刚才的镇静，不依不饶。

"你还要怎么样？"陶影尽量压抑怒火，在孩子面前，她要保持一个母亲最后的尊严。

"嘴还这么硬！不是我要怎么样，是你必须认错！不知从哪混了张专供外宾的赠票，本来就没花钱，还想再蒙一人进去，想得也太便宜了是不是？甭啰唆，趁早买票去！"红衣青年倚着壁，面对众人，像在宣读一件白皮书。

陶影的手抖得像在弹拨一张无形的古筝。怎么办？吵一架吗？她不怕吵架，可她不愿意孩子看见这一幕。为了小也，她忍。

"妈去买票。你在这里等我，千万别乱跑。"陶影竭力做出笑容。好不容易领孩子出来一天，她不能毁了情绪，要让天空重新灿烂。

"妈妈，你真的没买票？"小也仰着脸充满惊讶与迷茫。这神情出现在一张纯正的儿童脸上，令人感到一丝恐惧。

陶影的手像折断的翅膀僵在半空。今天这张票，她是不能买！如果买了，她将永远说不清。

"我们走！"她猛地一拉小也。若不是男孩子骨缝结实，几乎脱臼。

他们到别的公园去玩。陶影要逗小也高兴，但小也总是闷闷的，仿佛一下子长大了许多。

走过一个冰棍摊，小也说："妈妈给我钱。"

小也拿了钱，跑到冰棍摊背后："老奶奶量量我多高。"陶影这才看到有位老太太守着一盘身高体重磅。

老太太瘪着嘴，颤巍巍扶起标尺，一寸寸拔起，又一寸寸往下按："一米一一"，她凑近了看。

陶影觉得真见了鬼：莫非孩子像竹笋一样见风就长？

小也眼里生出一种冰晶一样的东西，不理陶影，一甩头，往前跑。突然，他摔了一跤。腾起在空中的一刹那，他像一只飞翔的鸟。然后，重重地摔在地上。陶影赶快跑过去扶，就在她走近的一刹那，小也忽地爬起来，兀自往前跑。陶影站住了。她想如果自己追过去，小也会摔第二跤的。望着孩子渐渐远去的身影，她伤心地想：小也，你真的不回头看妈妈了？

小也跑到很远，终于还是停下来，回过头寻找妈妈。找到了，就又转过身跑……

陶影觉得事情不可思议。她问老奶奶："大妈，您这磅……"

"我这磅准让您高兴！您不就巴着孩子长高点吗？别巴望着孩子长！孩子长大了，当妈的就老喽！"老奶奶把嘴呷得吧吧响。

"您这磅……"陶影又一次问。老人很和善，可她没把问题说清楚。

"我这磅大点。让您量着个头高点，分量轻点，时下不是都兴健美吗？我这是健美磅。"老人慈祥的脸上露出狡黠。

原来是这样！应该让小也听到这话！小也已经跑远了，况且他能否明白这其中的奥妙？

小也的目光总是怯怯，好像妈妈是大灰狼变的。回到家，陶影拿出卷尺，要给小也重新量一下身高。

"我不量！人家都说我够高了，就你说我不够。你不愿意给我买票，别以为我不知道！只要你一量，我一定又不够了。我不相信你！不相信！"

陶影拽着那根淡黄色的塑料尺，仿佛拽着一条冰凉的蟒蛇。

"陶师傅，您烙的小火烧穿迷彩服了。"一位买饭的人对她说。

小火烧糊了，凹凸不平，像一只只斑驳的小乌龟。

真对不起。

陶影很内疚，她对工作还是很负责的，这两天常常走神。

一定要把事情挽救回来！夜里，小也睡了，陶影把儿子的双腿捋直，孩子平展得如同缩过水的新布。陶影用卷尺从他的脚跟量到脑瓜顶，一米零九厘米。

她决定给红衣青年的领导写一封信。拿起笔来，才知道这事多么艰难！看着她冥思苦想的样子，当钳工的丈夫说："写了又能咋样？"

是啊，她也不知道能咋样，只是为了融化孩子眼中那些寒冰，她必须要干点什么。

终于，她写好了。厂里有位号称"作家"的，听说在报屁股上发过豆腐块。陶影恭恭敬敬地找到他，递上自己的作品。

"这像个通讯报道。不生动，不感人。""作家"用焦黄的指头戳着陶影给报社写的读者来信。

陶影不很清楚通讯报道到底是个啥样子，只知道此刻这样讲，肯定是不满意，看着焦黄手指头上的茧子，她连连点头。

"你得这么写，开头先声夺人，其后耳目一新。得让编辑在一大堆稿件里一瞅见你这一篇，眼前就呼地一亮，好像在土豆堆里突然见到一个苹果。最重要的，要哀而动人。哀兵必胜你懂不懂？"

陶影连连点头。

"作家"受了鼓励，侃得越发来劲："比如这开头吧，就改成，佛法无边，五龄孩童未进寺门先长一寸；佛法有限，刚回到家就跟原先一样高了……当然后头这句对偶还不工稳，你再考虑一下……"

陶影拼命心记，还是没能记全"作家"的话。不过她还是又修改了一遍，抄好挂号寄出去。

"作家"吃饭时来买小火烧。"您稍等。"陶影的脸镶在收饭票的小窗口，像一张拘谨的照片。

"作家"想可能是今天的小火烧又烤糊了，为了酬谢点拨之功，给几个糊得轻的。

"给您。这几个特地多放了糖和芝麻。"陶影怯怯地说。这是一个白案上的烤活女工所能表达的最大的谢意了。

其后，是漫长的等待。陶影每天都极其认真地看报纸，连报纸中缝录像机的广告都不放过；然后是听广播，她想那些声音甜美庄重的播音员，也许会在一个晴朗的早晨，一字不差地把自己写的那封信念出来；最后是到收发室去看信，她想也许寺院管理部门会给她回一封道歉信……

她设想了一百种可能，但一种可能都没有发生。日子像雪白的面粉，毫无变化地流泻过去。小也外表已恢复正常，但陶影坚信那一幕绝没有消失。

终于，等到了一句问话："哪里是陶影同志的家？"

"我知道，我带你们去。"小也兴高采烈地领着两位穿干部服的老者走进家门，"妈妈，来客人啦！"

陶影正在洗衣服，泡沫一直漫到胳膊肘。

"我们是寺庙公园管理处的。报社把您的信转给我们了，我们来核实一下情况。"

陶影很紧张，很沮丧。主要是家中太乱了，还没来得及收拾。他们会觉得她是一个懒女人，也许不会相信她。

"小也，你到外面去玩好吗？"陶影设想中一定要让小也在，让他把事情搞清楚。真事到临头，她心中不安，想象不出会出现什么情景。能有红衣青年那样的下属，领导估计也好不到哪去。

"我们已经找当事人调查过了，情况基本属实。不要叫孩子走，我们要实地测量一下身高。"那位年纪较轻的说。

小也顺从地贴在墙壁上。雪白的墙壁衬着他，好像一幅画。他不由自主地贴得很紧，测量身高勾起了他稀薄的记忆，重又感到那一天的恐惧。

干部们很认真。他们先是毫不吝惜地在墙上画了一道杠，然后用钢卷尺量那杠到地表的距离。钢卷尺像一条闪亮的小溪，跳动在他们身边。

镇静回到了陶影身上。

"多少？"她问。

"一米一，正好。"较年轻的干部说。

"不是正好。你们过了一个月零九天才来。一个月以前，他没有这样高。"陶影平静地反驳。

两位干部对视了一眼。这是一个无法辩驳的理由。

他们掏出了五元钱。钱是装在一个信封里的，他们早做好了准备。他们量过墙上那条红蚯蚓，知道它的缺斤少两。

"那天您终究没能参观，这是我们的一点赔偿。"年长的干部说，态度很慈祥，看来是位领导。

陶影没有接。那一天失去的快乐，是多少钱也买不回来了。

"如果您不要钱，这里有两张参观券。欢迎您和孩子到我们那去。"年轻些的干部更加彬彬有礼。

这不失为一个充满诱惑力的建议，但陶影还是毫不迟疑地摇了摇头。那个地方，对于她，对于小也，都永远不会激起快乐的回忆。

"你到底要哪样呢？"两位干部一齐问。

是的，陶影在这一瞬，也在问自己。她是个生性平和的女人，别说是两位素不相识的老年人登门致歉，就是红衣青年本人来，她也不会刁难他的。

她究竟想要什么呢？

她把小也推到两位老人面前。

"叫爷爷。"她吩咐。

"爷爷。"小也叫得很甜。

"两位领导，钱请你们收起，票也收起。就是那天当班的查票员，也请不要难为他，他也是负责……"

两位干部一看陶影说得这样平静，反倒有些无措。

陶影把小也拉得离老人更近些："只请两位领导把那天的事情同孩子讲清楚，告诉他，妈妈没有错儿……"

捉刀

　　"爸，还得签个字。" 13 岁的儿子王永战平，战战兢兢地把作文本递给我。

　　作文本上用红字批了一个"24"。

　　"这是什么意思？"既不是优、良、中，也不是 5、4、3，我这个见多识广的宣传干事、老革命也遇到了新问题。

　　"哈老师说我们今年就要考初中了，要用考试时的评分法，满分 40 分。我是三类文，相当于百分制的 60 分，5 分制的 3 分……"

　　我朝他的屁股上啪地给了一巴掌，打断了这小子恬不知耻的喋喋不休。

　　"还有脸说！你这么明白，怎么还当三类苗？"

　　"不是三类苗，是三类文……我们哈老师说，要家长好好帮助……"他辩解说。王永战平是个要强的孩子，做了错事时，打也不哭。

　　"哪个哈老师？我怎么不知道？"

　　"新调来的。她姓哈，娃哈哈的哈。"

　　从我给孩子起的这个四字名，你就该体验到我多么希望他出类拔萃，不同凡响，顺便也能感觉到我的文字水平还过得去。能把四字名起得不像东洋鬼子，也不容易。作为一个舞文弄墨人的后裔，儿子这样不争气，

尤其是文科，是可忍，孰不可忍！再说，就撇开家长的面子不谈，孩子今年就要考初中，语文一科就丢十几分，重点中学你门儿也别想啊！重点初中了、重点高中、重点大学……这是一条金链子，哪能在第一个环节就脱了扣！机不可失，时不再来，人生有许多路口，并不是每一个路口错过了都能弯回来重走一遭。孩子小，作为监护人就得替他拿主意找窍门。光打也不是个办法，打死了打坏了，跟夏斐、夏辉似的，别说法律要你偿命，就是自个儿也没脸活下去了，所以夏斐的妈妈自杀，我很能理解。扯远了，甭管人家，咱自扫门前雪吧！得想出一个行之有效的主意，让孩子的作文成绩立竿见影地上去……

我龙飞凤舞地签上了自己的名字，看见儿子在下一页空白处，歪歪扭扭地写着"童年趣事"几个字。

"这是什么？"

"哈老师出的作文题。"

"为什么不写？"

"不知道写什么。我觉得我的童年没有一件有趣的事，除了写作业就是挨打。"王永战平说。

"胡说！星期天你就没上你奶奶家，坐汽车横穿半个北京城吗？"

"哈老师说了，不准写让座和捡钱包……"儿子喃喃地然而顽强地反驳我。

这个哈老师也真是的，童年哪有那么多趣事！况且这个题目，我小的时候就写过，这么多年过去了，几十年一贯制，也不来点更新换代！突然，一个绝好的主意涌上脑际。

"永战平，你想不想作文打个翻身仗？叫哈老师把你的作文当范文读，同学们对你刮目相看？"我向儿子抛出一个大诱饵。

"想！当然想！想极了！太想啦！"儿子一蹦老高，胳膊肘差点撞翻了墨水瓶。

"那么好吧，你给我安安静静地坐下来，把耳朵像小毛驴似的竖着，拿起笔，写——'我小的时候，门前有一条小河，河里传说有水蛇……'"我一字一句像孩子们吐泡泡糖似的，往外吐着遥远的回忆。

"爸，这行吗？"儿子把笔尖竖着冲天，好像一支红缨枪。

"怎么不行？你见过写大字描红吗？天天照着描，习惯成自然。我把你扶上战马再送一程，你的作文成绩就会有划时代的变化。我小时候作文本上尽是老师画的红波浪，佳句连篇！哪像你这本，白茫茫一片大地真干净！也不算太干净，错别字上还有红 ×。我后来又上了夜大中文系，整个一个高才生。哪像你现在似的，属老鼠尾巴……"

儿子被我揭了老底，乖乖地埋头写起来。写完一句，就用小鼻子嗯一声，我就像老牛反刍似的，赶紧又从肚子里冒出一句。

"你的作文本发了吗？"每天我都问王永战平，心里竟多少有些忐忑，不知那位哈老师，会给我怎样一个分数。

"没有没有。作文本要两个星期才发下来一次呢！"温顺的儿子竟然不耐烦起来。看得出，他似乎并不希望我获得很高的分。

这个坏小子！

"爸，哈老师叫您明天到学校去一趟！"王永战平狐假虎威地对我说。

"什么事？是不是你又闯了祸？坦白从宽抗拒从严，这是咱们家的政策。赶紧把你干的坏事告诉我，这样老师一旦查问起来，我也好替你遮掩几句。不然，老师一告状，我露出大眼瞪小眼一无所知样，你可就罪上加罪了！"我胡萝卜加大棒对他说。

"不是我干了什么坏事，是……不知道。反正您去了就知道啦！"王永战平龇着小虎牙，一副高深莫测的样子。

这小子肯定知道点端倪。可一个为父的，不能低三下四地跟儿子那儿抠情报。我横下一条心：见了哈老师，兵来将挡，水来土掩。

没想到哈老师那么年轻，像颗刚出荚的青豌豆，清新而圆润。

"这篇作文写得不错。"寒暄过后,她指着摊开的王永战平的作文本。我不动声色地扫了一眼,上面用红笔写着,"39"字样,我心中一阵兴奋,不亚于上大学时得了老师的好评。

"我们准备把它当作范文,在各班轮流讲评……"哈老师笑吟吟地说,嘴角旋出一个很好看的弧形。

"这孩子最近比较用功……主要是老师教得好……"我很矜持地客气着。

"但是,没想到昨天下午,王永战平找到我,哭了。他说那篇作文不是他写的,从头到尾都是您口述的,连标点符号都是按您的意思点的,他说除了题目属于他,正确地讲,题目是属于老师的,剩下的都与他无关……"哈老师的脸严峻起来,从一颗青豌豆变成了铁蚕豆。

我瞠目结舌,甚至来不及将那矜持的笑容从脸上收去。这个叛徒儿子!当面说得好好的,背后竟然连老子都出卖了,在这个世界上,还能相信谁?

"我是想,这好比写大字描红……"我企图为自己辩解。

哈老师用粉笔在桌上疾速地点了几下,显示出她心中的不耐烦:"您是好心,这完全可以理解。但这是一件送给孩子的坏礼物,比揠苗助长还要坏!您教他虚伪,教他作弊……您唯一可以感到庆幸的是,王永战平是个很正直很坦诚的孩子……"

我呆呆地望着哈老师一张一合的嘴唇,几乎听不见她继续说了什么。我懂得她说的全部道理,甚至比她懂得的还要多!听一个我上山下乡时她才出生的小姑娘,向我喋喋不休地讲述人生哲理,悲哀中透着滑稽。

但是我必须得听!不单是因为我的儿子出卖了我,主要是因为我没有理。把那些像蘑菇一样长在阴湿处的诀窍,晾晒在这间充满粉笔气味的亮堂堂的教师办公室里,我必须承认我的儿子要比我高尚。

儿子比老子要高尚,这不丢人。败在自己儿子手里,比败在别人手里,

要光彩得多。甚至可以说，值得骄傲！

"老王同志，希望你不要为难孩子……"哈老师伸张正义般很严正地对我说。

"小姑娘，我不知道你结没结婚，但我敢肯定你没有孩子。不管你是哪一个师范院校毕业，不管你学没学过心理学，我敢保证你还不懂得一颗慈父的心。"我心想。

"哈老师，关于这件事，您就放心吧！我现在想跟您研究的是——怎样在短时间内提高他的作文水平。"

哈老师开始支着下颌侃侃而谈。

所有的老师都啰嗦，他们用同孩子谈话的习惯与成人对话。但你必须洗耳恭听，因为你的孩子是她的学生，所以你也是她的学生。

终于我们共同制订出一个详尽而循序渐进的计划。

天气一天天炎热，考试像酷暑一样，迎面扑来。王永战平独立奋斗，作文成绩稳步上升，已在一类苗和二类苗中徘徊。我很感激豌豆一样年轻的女教师。

"爸，哈老师叫您明天到学校去一趟。"儿子又高深莫测地对我说。

"什么事？"这一时期我严守戒律，绝无捉刀代笔之事。

"不知道。这回是真的不知道。哈老师什么也没对我说。"儿子很诚实地望着我。

"别人的家长去吗？"

"都不去。"

又是单兵教练！你可以对顶头上司不理不睬，但对孩子老师的召唤，要招之即来，来之能战。

一切同上次几乎完全一样。充满了粉笔气味的教师办公室，孩子们不时喊着"报告"，准军事机构的气氛。只是哈老师明显变得憔悴了，这颗青豌豆快被风干了。

"您好，请坐。"许是因为儿子成绩见佳，哈老师对我比上次客气得多。

"王永战平的作文进步很大，但要稳产高产地成为一类文，还需继续挖潜。"哈老师开门见山。

我知道，重点中学是一个很小的孔，儿子是一根蓬松的线。只有不断捻细再捻细，才有希望钻进这个细小的针孔。

"但是时间来不及了，我们已经进入了数倒秒的阶段。为了提高升入重点中学的比例，我现在的方针是抓中间。枣核两头小，好学生有把握考上，差生努力也无济于事。王永战平……"哈老师又习惯性地用手支着下颌。

"他属于拉一把就过来，松口气就过去的人。"我很有自知之明地说。

"对。时间就是分数，但单靠孩子个人的单薄力量已经不够了。小学生的作文，大致可分为这样几类：写人的，其中包括大人小孩；写事的，具体又分好事坏事；写一次活动的，比如过队日；写某种静物的，例如铅笔盒和彩虹；最后还有一大项目——写景，比方说冬天的早晨……"

我惊诧不已，心想这位哈老师是否为毕业班操劳过度，将我混记为一位前来研讨的语文同道？唯有我的儿子的名字不断被提起，仿佛浓雾中的街头，揭示这条路的大方向没有错。

"您的意思是……"我问。"我的意思是请您在短时间内，以这些题目为框架，为您儿子制作出十篇左右的范文，要求他背熟，并熟练地掌握掐头去尾、穿靴戴帽的技巧，能够灵活运用这些素材，以不变应万变，争取考试时取得好成绩。"哈老师笑吟吟的，嘴角旋出一个很好看的弧形。

我骇然了！这就是几个月前那个清纯的女教师吗？"您是说，要我替……"我努力想再确凿些。

"是的，就是那个意思。"哈老师低下头，掸去了袖口上的一片白粉笔灰。

沉默像一块墨布，笼罩在我们之间。我内心深处的某个地方，仿佛贯穿了一个洞，嗖嗖地透着冷风。

"没有别的办法了吗？"我小心地问。

"没有了。事已至此，只有这个办法可以在短时间内提高单位面积产量。在每一个成功的孩子背后，都站着他们的家长……"哈老师很老练地劝我。

"别的家长怎么打算……"我断定哈老师也同别人谈过。

年轻的女教师轻轻地笑了："也并不是所有的家长都能担此重任。有些没有相应的文化，也就爱莫能助。有些虽有文化，但过于专一，并不能写出充满童心的文章。这就像书法中模仿儿童的稚拙字体，并不是每个人都写得来……您还行，很像是孩子自己写的……"

我不知道自己该骄傲还是该惭愧。

"我立即开始着手做这项工作，请您放心。"我像一位士兵面对将军。没有什么转不过的弯子，为了孩子，为了明天，我可以在原地先转180度再转180度的圈。

"只是，我将怎样对孩子说呢？"我把这句话说完，心中那个洞就被茅草堵住了。这副担子悬在空中，谁来承担？

"这个您不用操心，由我来对孩子说。您知道，孩子听老师的话远超过父母。"哈老师笑吟吟地说。

"我知道，我知道。"我忙不迭地点头，喷过特硬发胶的额发，都被甩了下来。

孩子最相信的人就是老师。

"您这么年轻，就这么有经验，有办法，真不简单！"告辞时，我由衷感慨。

"您过奖了，我也是从别人那里学来的。教师是一个古老的行业，有许多秘不传人的诀窍。假如您有余力，是否可以多制作几篇，支持一下其他同学？有些家长实在是心有余而力不足。"哈老师微微蹙起眉头，仿佛吹皱了一池春水。

"好！"我很肯定地回答。

以后的日子里，我经常不动声色地像观察大熊猫似的观察我的儿子，他并没有什么显著的异常。只是他的作文簿再不用我签字，而是明目张胆地抓起我的笔，签上"家长阅"。

那一年，王永战平如愿考上了重点中学。

跳级

一

又堵车了。

朱叶梅靠着公共汽车的窗户，有极微细的风像无所不在的谣言，扑进燥热的车厢。朱叶梅很知足，比起密不通气的车厢中部，她这个位置要算高级住宅区了。

路像没有生命危险的中风病人，只堵了半边，另一边的路还像自来水管一样畅通。朱叶梅强迫自己不去想一家人的晚饭。在高密度的人海中，任何思索都毫无意义。看风景吧，有形形色色的车，拉洋片似的从车窗外通过。铰链式公共汽车像宽大的海带，黏滞地滑了过去，她看见一张张抹满油汗的脸挤满对面的窗户，下意识地抹了抹自己的额头。无数小轿车像轻盈欢快的热带鱼，打着旋地掠了过去。它们车窗紧闭，窗帘平稳得像挂在三月无风的晚上自家的卧房里。看不清里面人的模样。朱叶梅无聊地开始揣测坐小轿车的人的身份。标有"出租"字样，她断定里面坐的都是阔佬，他们没地位，可是有钱。什么字样都不标的小轿车，往往更漂亮，里面都是有身份的人……

当她数到第 15 辆标有坟包似的 "TAXI" 和第 98 辆什么标志也没有的小轿车时，她坐的大公共汽车终于像冬眠的蛹开始蠕动起来。

丈夫李科还没回来，当个小科员，却比谁都忙。伺候儿子李约吃了饭，朱叶梅开始削铅笔。

这可是个技术活。露出来的铅笔尖要细而匀，后头的木坡也要足够长。好比自由市场上的大葱，葱白要长，葱青要短，才是上品。铅笔尖后面要尾随着悠长的坡度，就像小树四周培着高高的土丘，才不易折断。

清一色的 HB 中华绘图铅笔，支支锋利如箭镞，整整齐齐排列在铅笔盒里，像墨绿色的栅栏。铅笔很高级，铅笔盒却是最普通的那种。好铅笔盒要二十几块钱一个，一按开关就能弹出转笔刀、温度计、橡皮盒、放大镜……像个新式武器，价格抵得上车工朱叶梅一个星期的工资了。朱叶梅可不是心疼钱，为了小约，她割身上的肉都舍得。她是看了教育杂志上说的，用那种铅笔盒，孩子上课时容易分散精力。啪的一按，好像要发射飞毛腿导弹似的。朱叶梅不希望唯一的儿子以后当车工，虽说她工作得挺认真，还当过先进生产者。

朱叶梅天天晚上替儿子削铅笔，技术高超得如同做山西刀削面的大师傅。她羡慕儿子，他有一个多么关心他的妈妈！她记得自己的妈妈从来没有给小时候的自己削过铅笔，也没有给其他六个兄弟姐妹削过。妈妈所做的唯一一件事，是把他们的嘴巴填满。

朱叶梅小时候用的铅笔都没刷过油漆，像被秋风吹折的枯树枝。那是妈妈托人从铅笔厂买出来的次品，论斤称。妈妈能在那种窘迫之中将朱叶梅供到初中毕业，实在不容易。没涂油漆的铅笔拈在手里像一根火柴，铅芯又很爱断。但朱叶梅用这种铅笔得了全校写字比赛的第一名，奖品是一支真正的铅笔。退回到二十九年前，这样的奖品已实在难得。那支铅笔涂满金黄色的油漆，好像金箍棒一样。朱叶梅非常珍爱，妈妈却毫不留情地让她给了弟弟。她不敢忤逆妈妈，暗地里祈祷弟弟不要削那支铅笔。弟弟答应了，可所有的小男孩都存不住东西，第二天就把那支铅笔削了。纷纷扬扬的金色木屑像麦穗一样掉在地上，朱叶梅下定决心以后挣了钱要给自己买 10 支，不，买 100 支这样的铅笔。

后来她果真挣了钱，不过已经是在西双版纳的橡胶林中。那里有许多树，可以制成无数支铅笔，但兵团战士朱叶梅每天累得已经拿不动铅笔了。

后来她回了城，又开始寻找那种铅笔。那种铅笔没了，无论多么偏僻的小店里，都没有那种铅笔。它消失得那么干净彻底，仿佛世界上从来就没有制造过那种东西。

那种铅笔便以永远的金黄和不变的长度，留在朱叶梅的印象中了。

朱叶梅对李约说："我天天为你削铅笔，削下的木头屑也有几斤了。你应该好好学习，才对得起妈妈。"

李约说："您别什么事都扯到对得起对不起上去。我们班每个同学的铅笔都是家长削的，不信您到学校问去！"

现在孩子们已经成了这个样子了！10 岁的李约会很规矩地口口声声地言必称"您"，朱叶梅记得自己小时候远没有这么斯文。可他们其实才不把大人看在眼里，他们敢顶嘴，各抒己见，时不时还能蹦出一句叫你诧异不已的幽默。

"作业做完了吗？"朱叶梅合拢铅笔盒，磁铁盒盖发出清脆的声响。

"做完了做完了做完了！除了作业您就不能问点别的了吗？亲爱的妈妈，我得玩会儿了，您别理我了，好不好？"李约说着戴上一个忍者神龟的面具，那翠绿色的脸庞使朱叶梅不折不扣感到自己的孩子变成了一个陌生人。

她没有恼。生小约的时候，她已经过了年轻女人只顾自己不顾孩子的年龄。她在小约身上，浇灌了自己所有的液体。血液，她是高龄剖腹产大出血。乳汁，她才不管什么体形不体形，衰老不衰老，她不能容忍喂养小牛的那种东西来哺育自己的孩子。还有眼泪，小约生病时她哭，学习不好她也哭。

幸亏小约成绩挺好，在班上男孩子里算数得着的。男孩在小学时不能和女孩比。女孩是发达国家，男孩是第三世界。

李科回来了。从他踏上一楼第一级台阶，住在筒子楼尽头里的朱叶梅就能感到一种特殊的震颤。等丈夫的脚步迈到走廊，她就能分辨出他的情绪如何。有时候李科说她不妨到地震局去毛遂自荐，看能否预报地震。

今天的事情不好。

"怎么了？"在丈夫的脚刚进门的那一刹那，门无声地开了，将蛋黄色的灯光瀑布似的泻了出来。朱叶梅接过李科的公文包，低声问。她并不指望得到具体的回答，只是放出一只探测气球，试试风向。

"什么怎么了怎么了！怎么也没怎么，就是肚子饿了！"李科吼道。

朱叶梅放心了一些。丈夫发火了，这在她意料之中。能发火就说明事情还没糟到不可收拾的地步。要是问了之后一句话也没有，好像撞到一堵海绵墙壁上，那才真是事态严重了！

朱叶梅和丈夫一同吃饭。菜里营养挺丰富，李科遇到为难事，饭量非但不减，比平日吃得还多。朱叶梅巧妙地把肉片翻卷到菜的表层，然后把筷子顺到一边去夹豆腐。粗心的男子汉就把肉夹到自己嘴里去了。

"你刷碗吧！"朱叶梅把盘摞在一起说。

如今的男子汉都爱炫耀自己在家刷碗，表示自己的现代人风度。世界进步文明的潮流就是男人进入厨房。只有最土的大男子主义者，才标榜自己衣来伸手饭来张口。

其实单是刷碗算什么呢？相当于清理废墟，不需一点技术。

朱叶梅早把锅铲和案板收拾完了，只留下孤零零的几个碗和渍了残汤的浅盘，维持着碗还没刷的表面形式。这点活，要是在她手下，眨眼的工夫就做完了。可她偏不做，每天都留给丈夫，然后静静地站在一旁，看李科把围裙裹在微微发福的肚子上，自己过去从后面帮他系上带子。李科总说我自己能系，她也总回答我愿意干嘛！李科听到了就说："天天都说一样的话，跟对口令似的，烦不烦呀！"

不烦。朱叶梅看丈夫倒洗涤灵，用雪白的丝瓜瓤子细心而笨拙地擦拭那几个并不很脏的碗……她送给丈夫一份可在人前夸耀的资本，留给自己一份难言的，快乐。

"你这辈子跟了我，亏了。"李科控着碗里的残水说。

"你这是什么意思？好端端地怎么想起说这个？到底怎么了？"朱叶梅愣了，她低估了事态的严重性，丈夫今日的烦恼，非比寻常。

"古语说三十而立，我如今都四十多了，还没立起来。虽说由于大家都长寿，青年的标准也跟物价似的提了又提，我也得算中年了。提拔干部，要有文凭……"李科对着墙壁说话，并不看朱叶梅。好像墙壁里隐隐写着他要讲的内容。

"你不是有了一张夜大的文凭了吗？"朱叶梅小心翼翼地问，好像医生换药，生怕磕碰了刚长出嫩肉的伤口。

"那是大专，现在要大本了。"

"我有大本！"正在洗脸的小约，胡乱往肚子前的衣服上抹了抹手，捧出一个硕大的本子。那是朱叶梅一位留了东洋的同学送给小约的，日本产，封皮上印着：一万年以上永久保存（这几个日本字同汉字一模一样的）。个头有半张书桌那么大。

"去！去！大人讲话，你小孩搭什么茬儿！留神我刮你！"

小约从没见过爸爸对他这么凶狠，乖乖地抱起大本，躲到一边去了。

"大本就是大学本科。"李科也感到自己滥施淫威，苦笑着对妻子解释。

朱叶梅爱孩子，可并不为小约抱屈。男人在外头窝囊了，你总得让他有个地方撒气。不找自己的老婆孩子泻火，你让他跟谁说呢？要是跟外人吵起来，那才叫一波未平一波又起呢！

"人家能读，咱也读呗！"朱叶梅故意轻描淡写地说，"你别担心我。家我能招呼，孩子的功课我也能管。从今以后，碗你也甭刷了。你就安心读吧，谁让咱小时候没赶上读书的好机会呢！要是公家不给你出学费，咱自己出……"

朱叶梅温柔地抚摸着丈夫的头发，觉得同儿子的头发真是一模一样，笔挺刚硬，好像一树蓬勃的松针。

"不单是这个，还有岁数！等你读出来，就老了！不学吧，提不了！学吧，也提不了！跟你说了这么老半天，你怎么老也不明白呀？"李科又火了。这一次，是因为女人的周到。她的心怎么那么细密，把李科想了无数遍的事，又这么明明白白地端上来，叫李科又经受一次失望的折磨。女人，该糊涂的时候就得糊涂！

"这事最坏能怎么着呢？"朱叶梅约略明白了，她还要验证一下自己的判断。

"最坏就是当不成官。"李科像念悼词一样地说。

"当不成就当不成呗！我还以为是多么了不得的事！我当初嫁你也不是图你能当官，图你心好是最重要的。天底下，能当官的毕竟是少数，不当官的还多。当个小老百姓，不拿那份钱，不操那份心，不是过得也挺滋润的嘛！咱不当官！"朱叶梅把丈夫的头发使劲往下压了压，那发丝强烈地反弹回来。

"女人不当官可以，男人不行！都是当干部的，你干得好不好，拿什么来评价，不就是看提拔不提拔你吗？要不电影里说谁谁升官了就说谁又进步了，升官就是进步，进步就是升官，你是真不懂还是假不懂？我什么都不比人差，偏偏卡在这文凭和年龄上，你说我能不憋气吗？"李科捶着自己的头。

"当官就真那么重要吗？"女人轻轻地问。问男人，也问自己。

"当农民的得有收成，当工人的得出活，要是当知识分子，就得出书，出技术职称。咱一个当小职员的，不就得争个官当嘛！当了官，能有房子，能有汽车，还能出国什么的……你没看文件上规定了哪哪级有什么什么待遇，它可没规定小老百姓至少有什么待遇！当官和不当官可不大一样，现在不兴说加官晋爵光宗耀祖封妻荫子，其实还不是这么回事！只是大伙嘴上都不说，心里朝也思暮也想。一个男子汉，也得有个心劲，有个奔头。不说对得起父母对得起你们娘儿俩，我也得对得起自己哇……现在，我这辈子算是没什么指望了……"李科不再捶头，他把头倚靠在妻子的胸前，听到那里有一颗心，像春天连绵不断的雨滴，平稳而很有韧性地击打着。

朱叶梅轻轻捏捏丈夫的耳垂，好像要给他扎个耳朵眼。她当过几天兵团的赤脚医生，知道那里有个能使人镇静的穴位，叫作"安神"。

"要是就为这事，不值得心烦。我打嫁你那天起，就没指望你能升官发财。所以，再别说什么对得起对不起的话，因为嫁了你，我才有了小约这么一个又聪明又懂事的孩子，为这事，我一辈子都感谢你。不过，你的话倒真让我明白了，男人和女人可真不一样。"

"今后，我跟你一样了。别老那么周到地伺候我，那样我心里更难受。"

"别难受。我们这辈子就这样了，我们还有孩子。"

二

"叫你家长到学校来一下。"班主任毛老师说。

小约很害怕，找家长绝不会是好事情。这条铁的规律，已经像与生俱来的怕火、怕疼、怕饥饿一样，蚀刻在每个少年的脑沟回里。

"你做了什么坏事，老实告诉我，这样老师问起来，我就说早就知道了，也好给你遮遮丑。要是你不说，我到了老师那儿也会知道，你也得露馅。我脸上无光不说，你做了错事自己又不敢承认，这是第一个错误之后又犯第二个错误。你要是个聪明孩子，应该会算这个账。撒谎也得看个时候，像这种迟早要穿帮掉底的事，你趁早实打实地说。"朱叶梅威胁利诱，胡萝卜加大棒，想叫小约说出个所以然来，自己见老师时也好心里有个谱。

"真的没有。妈妈，我不知道。我没做错过什么事……"小约直瞪瞪地看着朱叶梅，眼神清亮得像精炼过的顶好清香油。面对这一汪未经污染过的纯正，朱叶梅心中在忐忑不安，也不能再追问下去。她相信自己的儿子。

朱叶梅换了一身洁净的外衣去学校。毛老师是位上了年纪的女人。女人见女人原不必刻意打扮，但朱叶梅想让毛老师对自己的印象更好一些，以便格外照顾自己的孩子。

"请坐吧。"毛老师随手指了指一旁的椅子。

朱叶梅做好了受冷遇遭训斥的心理准备。小学老师呵斥惯了孩子，对家长也爱数落。虽然毛老师只显示出最基本的礼貌，朱叶梅还是受宠若惊。她频频点着头，却不肯贸然坐下。

执教多年的毛老师看惯了家长们的唯唯诺诺，并不再劝，兀自说下去："李约这个孩子，脑瓜灵，理解力强，反应快，记忆力也好……"

朱叶梅背后沁出一层冷汗。毛老师以前从未这么夸奖过李约，现在是什么意思？她补休一下午，特意跑到学校，就是来听这些表扬话的吗？优点不说跑不了，缺点不说改不了。这是几十年前风行过的天天读的语言，至今还控制着朱叶梅的思维。一个当妈的，听别人特别是老师夸自己的孩子，当然高兴。可事情绝不会这么简单，老师肯定使的欲擒故纵之计，玩的是先甜后苦的把戏。前面垫底的好话越多，后面正文的分量越重。

朱叶梅内心越来越紧张地等待着。终于，药片外面那层糖衣融化完了，黑而苦的粉末渗漏出来。

"今天请您，主要是我想在孩子的心理素质建构上再下一番工夫，而不是就事论事……"毛老师写一篇少年心理研究的文章，所以还真不是单纯告状的。

什么叫心理素质建构？李约那小脑袋瓜里有存这个东西的地方吗？朱叶梅好看的大眼睛毫不隐瞒地表示迷惘。

"举例说吧，要培养孩子坚忍不拔的毅力。比如李约自制力差，上课不注意听讲。讲新课还老实5分钟，听懂了，就再也坐不住，那天上课逮了个苍蝇攥在手心玩，也不嫌脏。基础知识是很重要的……"

"您说这可怎么办呢？这孩子就是自己管不住自己……"朱叶梅一听就急了，顾不得礼貌，打断了毛老师的话。

"慢慢督促吧！对这种孩子，我们一般采取两种办法，一是加大他的压力，人无压力不进步，并无压力不出油。这句话好像是王铁人说的。我们就让这种成绩和天赋都很好的学生跳级……另外一种是……"

毛老师继续和风细雨，侃侃而谈，朱叶梅却突然听不到她说话的声音，只看见一个一个"跳级"的字样，像闪光雷的子母弹一样，从毛老师的口中蹦出来，跃到半天空，炸出五颜六色炫目多彩的闪光，传来震耳欲聋的声响。

孩子跳了级，就等于凭空小了一岁，这是千金难买的年龄上的优势啊！

"让李约跳级吧，毛老师！求求您了！"朱叶梅双手紧握毛老师的手，好像那是她刚车出来的一个高难度零件。

"跳级？"轮到毛老师惊诧了。如果真有一个学生能跳级，班主任会因为教学成绩突出而受到晋级的奖励。但跳级谈何容易！毛老师以职业良心提醒这位利令智昏的母亲："请问，您是什么文化程度？"

"初中，初68的，老三届。"朱叶梅鼓足勇气回答。她为自己学历的轻浅第一次感到深重的内疚。

"那么，李约的父亲呢？"毛老师穷追不舍地问。

"他是大专。党校党史专业的。"朱叶梅来了精神。

毛老师明显地叹了一口长气，完全不顾这会伤了学生家长的自尊心。

朱叶梅反倒莫名其妙了。小约现在上二年级，他要跳的是小学三年级，又不是高中三年级，用得着老师这么大张旗鼓地长吁短叹吗？她宽慰老师说："您甭担心。我小时候学习很好，还是班长呢！三年级的课，我完全可以辅导，甚至都不用他爸爸。"

"您知道巴甫洛夫吗？"毛老师不死心地又问。

朱叶梅很肯定地点了点头。

毛老师决定劝阻这位孤注一掷的母亲："那您一定知道巴甫洛夫在写给青年们的一封信中，所提出的著名的关于循序渐进的告诫吧？"她充满善意地看着朱叶梅。

朱叶梅茫然地摇了摇头："巴甫洛夫不就是有一年春节晚会上，相声《冒号》要吃的那位老先生吗？"

毛老师不想再说什么了。也许，爱是可以创造奇迹的，这位执拗而又兴趣盎然的母亲，已经走火入魔，没有人能够劝阻她。那么，就让她试试吧！即便不成，李约跳不成级，也依旧是班里的好学生。万一成功了，也是老师莫大的光荣。只是她可不准备参与此事，这太像一个揠苗助长的笑话。她还有许多正常的同学需要照料，让这个母亲去作她独出心裁的试验吧！

"毛老师，您能帮我借一套三年级的教材吗？能有老师专用的教学参考资料就更好了。"朱叶梅是个干活麻利的女人，她迅速廓清了思路，开始有条不紊地实施起来。

"很抱歉，我没有办法。"毛老师很矜持地拒绝了。

朱叶梅不在乎，这难不倒她。她记得市里有家教育书店，专门卖学生课本。

"现在一个学年都快结束了，您却要买上学期的书，这哪里有哇？好比大夏天您要买棉袄，没处找。"

"还有哪儿卖的课本全？"

"我们这儿最全。我们这儿没有，哪儿也没有了。"

"那可怎么办呢？"朱叶梅感到惶恐了。出师不利，这不是好兆头。

"买不着就借呗！借上学期的书，人家现在又不用，这有什么难的？这个人，真是不开窍！"售货员甩着闲话走到别的柜台去了。

朱叶梅挺感谢这个态度不好的售货员。要是态度和颜悦色，不给她出这个主意，她才真没辙呢！

只是跟谁借呢？

住在工厂家属区里，谁家孩子上几年级，彼此都清楚。生孩子也跟苹果树似的，有大年小年之分。小约这一拨孩子多，朱叶梅记得一张产床上要躺两个孕妇，再往上一年的孩子就很稀少。比小约高一年级的孩子只有三个，朱叶梅同其中两家很熟。正因为熟，才不能去借。张开口，人家是一定会借的。借完也一定会问。朱叶梅不想"小荷才露尖尖角，早有蜻蜓立上头"（这句诗也是好多年前常在社论里出现的）。那么只剩下最后一个孩子——胖三。胖三的亲妈死了，后妈又生了一个小妹妹。朱叶梅知道再贤惠的女人有了自己的亲生骨肉后，对前一窝的孩子也不会太上心了。这最合适不过。

已经到了吃晚饭的时间。

"胖三,吃,使劲吃!瞧你这一身肉,多累赘!可你要是饿掉了膘,人家准得派我这个后妈的不是。吃!"一个精瘦的女人把一筷子肥肉递过去。

"我体育课都不及格了!"胖三嘟囔着,然而还是很香地吃着肉。

朱叶梅说明来意,瘦女人果然不问原委:"去!给你朱姨找书去!"

上学期的课本,破烂得如同皇历。朱叶梅翻了翻说:"前头目录表没有了,后头总复习也不全了。还的时候,胖三,可别怪阿姨给你弄坏的。"

"嗨!一本破书,拿去看就是了,还什么还不还的!"瘦女人很慷慨。

"阿姨,您甭听她的!这本书您还得替我经意存着。没准……我还得补考呢……"胖三把朱叶梅送出门时说,油油的小嘴唇在黯淡的灯光下闪着亮。

后妈和亲妈就是不一样啊!朱叶梅在心中感叹了一声。

家里一大一小两个男子汉,正眼巴巴地咽着口水。

"今天回来晚了,来不及做饭,吃包子吧!"朱叶梅掏出塑料袋,膨胀的水汽中散发着浓郁的葱味。

"妈,老师今天说什么啦?"小约察言观色,弄不清妈妈兴致勃勃的葫芦里卖的是什么药,小孩藏不住话,干脆直通通地问。

"说你各方面都挺好的。"朱叶梅和颜悦色地对小约说。从此革命的重担就落在这孩子的肩头,她得采取鼓励为主、批评为辅的策略。就像比赛,无论教练员多么上心,真正拿金牌还得运动员自己努力,要把这个关系理顺。不过,她现在不忙着对儿子摊牌,得先跟丈夫达成共识。朱叶梅示意小约吃完饭做功课去。

"今后还得你刷碗了。"朱叶梅很严肃地对李科说。

"刚实行了几天的'最惠国待遇',就又'翻案'了。"李科懒洋洋地把碗摆得像一座宝塔,不过小的在下,大的在上,晃晃悠悠,像演杂技。

"我从今以后得辅导小约学习。我跟你说个事，你可别着急。今天老师叫我去，是决定叫小约跳级。"

朱叶梅知道自己做不了丈夫的主，所以她决定拉大旗做虎皮。也不完全是撒谎，在反复的考虑与行动中，她已经越发坚定了这个想法，而且自己也相信了这就是毛老师的意见。

"当老师的怎么异想天开！她可以决定谁留级，可她不能决定谁跳级！"李科果然火了。

"跳级是好事。"朱叶梅轻声细气地说。

"什么好事！还不是老师为了捞个人名誉，往自己脸上贴金！别听她那一套，咱们不跳！现在这样按部就班地学，孩子就累得够呛，再要跳级，还不要了小命！我们不跳，我就不信老师敢把小约从教室里提拎出去！"李科气哼哼，桌上的碗也像助威似的跟着摇晃。

丈夫的反应完全在朱叶梅意料之中，她款款笑着："你说的也是实情，跳级实在是件苦差事。咱们这么着吧，把小约叫来，听听孩子自己的意见。咱们就按他说的办，你说好不好？"

"行！天下没有哪个孩子不愿意玩的，咱们就听他的。要是孩子说不愿意跳，校长让跳咱也不跳。你要是抹不开面子，由我去说。"

"好！可孩子要说他愿意跳级，你也别再拦着挡着。要不孩子以后在这个老师手下的日子也好过不了。"朱叶梅轻声晓以利害。

"成！"

两口子就这么一言为定了。

"谁问呢？"李科提出这个问题，他知道诱供是厉害的。

"自然是你先问了。"朱叶梅柔柔地说。

李科想这还不是手到擒来的事。他忽略了一个重要的信号：妻子说的是你先问，这样就保留了自己也参与询问的权利。

小约懵懵懂懂地走过来，中指上有半圈红痕，那是长时间用铅笔硌的，仿佛勒着一根红皮筋。

"小约，你们老师想让你跳级，你跳不跳？"李科单刀直入。

"跳级？跳级有意思吗？"孩子已经被单调乏味的作业约束得像只小木箱，任何一个提议都会使他浮想联翩。他那像顶好清香油一样明澈的眼波，从他爸爸的脸上流到他妈妈的脸上。

李科一下怔住了。他无法回答这个问题，他不知道跳级是否算一件有意思的事。

朱叶梅毫不迟疑地从这个空隙插了进去。

"小约，你觉得上学苦吗？"她轻轻地问。

"苦。"小约回答，他甩了甩手指，红痕已经渐渐地消退了。

"跳级就可以使你少受一点苦，提前学到许多新知识，认识许多新同学……"朱叶梅神色郑重地对小约说，仿佛面对一个成人。

"噢！我跳级喽！我跳级喽！"小约立即蹦跳起来，用手圈着妈妈的脖子打转。新的生活像童话中的秘密宝库，在小约的眸子里闪烁。

李科瞠目结舌。他记起了弗洛伊德的一条重要定律：所有的男孩子都同他们的妈妈好。

"叶梅，你不该骗孩子。"夜里，李科说。

"我没有骗。和他一生将要遭受的苦难相比，这点苦算什么呢？我们一个普通人家，能给孩子留下什么呢？没权没势又没钱，也没海外华人的亲戚，我们送给孩子一年的时间吧。不是说时间是世界上最宝贵的财富，是无价之宝吗？你看晚报中缝登的那些个招聘启事，第一条是文化，第二条就是年龄了。年龄小，书读得多，将来这就是谁也夺不走的金子……"朱叶梅又抚摸起丈夫耳垂上的"安神"穴，说："你不是答应了孩子怎么说就怎么办吗！"

"你把这么大的事，让一个这么小的孩子来决定，不是太儿戏了吗！他会因此吃许多苦头，长大了会埋怨你的。"

"他以后会感谢我的。"朱叶梅很肯定很冷静地说。

"说到底，是我伤了你的心，你才这么拼命地逼孩子。"

"这跟你没关系。你知道我从小就想上大学。那时候，听说老登谁家祖祖辈辈才出一个大学生，我就憋了一口气。虽说我妈早就扬言说她不供我们，可我想我可以考师范，挣个甲等助学金，自个儿供自个儿。后来，一场'文化大革命'，永远让我绝了这个念头。人小时候学的知识，才是真的。长大以后甭管你再读了什么，哪怕是大本哪怕是硕士博士的，都不成。那是一茬庄稼过了返青的节气。咱们这辈子就这样了，好也好不到哪去，坏也坏不到哪去，我要把全身的心劲都使到孩子身上，哪怕用自己十年的生命换回他一年的光阴也值得……"

他明明知道这个女人的想法很偏颇甚至愚蠢，可李科还是被感动了。由她去吧，除了儿子多受点苦，这件事最坏也坏不到哪去。李科说："睡吧。"

朱叶梅知道丈夫终于同意了，她紧追不舍："求你一件事，以后千万别在小约面前说一句泄气话。还有就是得到银行取点钱，要把孩子的伙食搞好点，再有是得跟他奶奶那儿打个招呼，就说他的宝贝孙子复习功课忙，不能跟以前似的老去看她老人家，还有……"

身旁响起丈夫轻微的鼾声，这都是安神穴的功劳。

自己干吧！朱叶梅原也没有指望丈夫。

李科第二天下班回来递给妻子一摞钱："给你。买点好吃的。小约吃，你也得吃。"

朱叶梅想存折都在自己手里攥着，还没顾得上取，这钱是哪来的？

"又发奖金了？"她问。

"一个月只发一次奖金，我不是已经交过了！"丈夫回答。

"这么说是你的小金库了？"朱叶梅不无疑惑地问。

"有你这么贤惠的老婆，我买什么都是实报实销，大金库不比小金库好哇！"李科卖关子。

"莫非是你捡的？"

李科看朱叶梅真着了急，忙说："我把小约的独生子女费取出来了。"

他俩从小约降生那天起，就把这份钱单放着，说是等他长大了再交给他，到那时攒得够买一辆摩托车了。

"你不该动孩子的钱。拿出这些，摩托车就剩一个轱辘了。"朱叶梅轻抚着钱，好像那是孩子柔软的胎发。

"咱们先用这钱供他读书吧！摩托车缺个轱辘好攒，人要是累伤了元气，可就不好修了。"李科抢白她。

朱叶梅还是挺高兴。为了丈夫这份"理解的执行，暂时不理解的也要执行"。

小约从第二天起，发现自己坠入万劫不复的深渊。

毛老师隔岸观火，二年级该做的作业一点不减。补习三年级功课的事，就全部压在了深沉的黑夜。小约开始撒娇、反悔，但一向慈爱的妈妈变得异常凶狠，不学完每天必修的课程，绝不提前放他去睡觉。只要他稍稍露出懈怠的神气，妈妈就威胁他："小约，我可是跟你们老师和所有的同学都说了你的事，是你自己要跳级的。你要是现在打退堂鼓，就是骗人，跟那种嚷'狼来了'的孩子一个样，没有人再相信你。你只有一条路，就是咬着牙坚持下去。"

人有脸，树有皮。小孩也有小脸，小树也有小皮。小约只有含着眼泪学那些陌生的汉字和功课。

妈妈也并不总是凶恶的。她给小约买来许多许多好吃的东西。八块钱一斤的庄园火腿，往常逢年过节时才舍得买，而且片切得像纸一样薄，对着灯光可以看见人影，爸爸总夸妈妈好手艺。现在随便吃，想吃多少吃多少。

可小约不想吃，只想睡觉，永远永远不要醒来，不要再看见妈妈，不要再看见书。可惜天总要亮，学校的日子还好过一点，回到家，才是真正上学的开始。妈妈留的作业比老师的难。妈妈把书翻得哗哗响，好像那是一沓扑克牌。妈妈不会讲课，不会深入浅出，不会举一反三，只会把字的笔画写一遍，然后说："记住了吗？"小约说："记不住。要是我这样就记住了，还不成了神童！"妈妈说："少废话！写！每个字写 100 遍，你就记住了。"

一个字写 100 遍之后，小约就不认识它了。那个熟悉的字变得非常陌生，好像是用一堆白骨搭成的骷髅。他恨这个字，也恨让他把字写 100 遍的妈妈！这个撒谎的妈妈！这个狠毒的妈妈！毛老师说了，根本就不是毛老师要让他跳级。是这个女人自己决定要让他跳级的！这个女人一定不是他的亲妈妈，小约一定是从垃圾箱被人捡来的！

小约深深地同情自己，对他的妈妈充满了刻骨铭心的仇恨。他决定反抗，不听她的话，不记她让自己学的知识。但是肉还是要吃的，那种美味谁也抵御不了。而且他要不吃，爸爸妈妈是一向不吃的，那么好的火腿不是就要坏了吗？

小约开始不停地打呵欠，每一个懒腰都深长得仿佛要把肺吐出来。这并不是成心装的，小约太困了，他觉得自己变成了一个太空人，从头到脚都轻飘飘的。

"让他去睡吧！今晚放一回假。"爸爸恳求妈妈。

"不。"妈妈简明扼要地拒绝了。自打宣布小约要跳级以后，这个家也变了样子，以前是爸爸说了算，现在成了妈妈的天下。

"要不你就给他抹点清凉油，这个样子，能记住什么呢？"爸爸说。

"清凉油万一进到眼睛里，太难受了。"

这还有点像个妈妈说的话。

"小约，妈妈给你吃块糖。"

小约半闭着眼，张开嘴，吐出舌头。他知道，除了学习上的事，妈妈全都乐意为他干。

朱叶梅洗了手，剥去糖纸，把糖粒很小心地粘在儿子的舌头上。那舌头像一只温顺的小狗，轻轻抖动。

"哇——"小约大叫一声，眼珠瞪得像两枚煤球，泪水顺着脸颊流了下来。

"这是超霸柠檬糖，进口的。好几块钱一盒呢！提神是最好的！"朱叶梅不无炫耀地说。

小约现在很清醒，明白得如同刚从深山里冒出来的一股矿泉水。

他在写了100遍之后还不会写那个字。

朱叶梅抡起了一根拐棍。

那是很结实的木头削制的，是一位叔叔从庐山回来带给姥爷的。姥爷说拐棍这东西有一根就够用了，妈妈就把它拿回家了。她喜欢拐棍上刻的"寿比南山"几个字。

妈妈打过小约了，因为他学新课不努力。用的武器是拖鞋。拖鞋打在身上软绵绵的，扇起的风还有些凉快。鞋底打在身上之后，很有弹性地跳起来，好像用一个橡皮图章盖了一个戳。小约不怕拖鞋，拖鞋打人有一种被抚摸的感觉，很舒服，虽说稍微重了一点。

朱叶梅发现小约不怕打。她这次换了一件新式装备——"寿比南山"。

小约愣了一下，但他不相信朱叶梅会打他。他长这么大，朱叶梅从来没有正正经经地打过他。

他决定坚持下去，绝不被"寿比南山"所吓倒。

朱叶梅毫不犹豫地挥起了拐棍，啪地打在小约稚嫩的肌肤上。孩童十分饱满而又充盈水分的胳膊，并不像成年人挨了打那样凹陷下去，而是像突然修筑了一道土棱，应声而起。

小约没有哭，也没有被吓傻。他已经决心要和这个被称作妈妈的坏女人决一死战了。他充满仇恨地盯着朱叶梅，呼地把书推到桌下，歇斯底里地大声喊叫："你打死我好了！打死我，我也不读这本破书了！"

胖三那本原已摇摇欲坠的课本，彻底地散架了。

李科在一旁大口地吸着烟，仿佛他是一捆被淋湿的木头，正在蓄积着能量，准备在某一个瞬间燃起熊熊烈火。他不去劝妻子，这个女人，看似柔弱，其实极倔强。这个孩子，累得够惨了，让他发发牛犊子脾气吧！且看他们如何动作，李科知道自己有驾驭这一切的能力。

朱叶梅被自己的毒辣吓住了。她目不转睛地注视着儿子被"寿比南山"击中的部位，看那里像被施了高效发酵粉一样，蓬勃鼓胀起来。她非常精确地感觉到自己的相同部位——胳膊上方经常打预防针的那个地方，猛烈地疼痛起来。她充满狐疑地看去，千真万确，在儿子红肿的地方，她的胳膊也像蝎子爬过一样肿胀起来。

她和她的儿子是如此的血脉相连！

她无力地闭上眼睛。就在合上眼帘的那一瞬，她看到儿子充满抗拒的神色。

"你到底学不学？"她不能手软，不能功亏一篑。朱叶梅声色俱厉地问。

"不学！"10 岁的少年英勇不屈。

"你胆子够大的了，敢和大人顶嘴！你什么都不怕，我看你怕不怕打！"朱叶梅不由分说，又抡起了"寿比南山"。

10 岁的少年终于着急了。倒不是胳膊上的伤教育了他，那伤并不疼，还没有从最初的麻木中苏醒过来。疼痛像一发已经脱离了枪膛的子弹，尚未击中目标，正在空中迅速地逼近。震惊他的是朱叶梅愤怒而狰狞的面孔，他知道妈妈的怒火已到了无可复加的地步。

每个孩子都是审时度势的专家。他们在暗中研究父母，生命多长，他们的这种研究史就有多长。好汉不吃眼前亏，他们懂这条颠扑不破的真理。

就在小约准备软下来的同时，他瞥见了一直站在阴影中的爸爸。他立刻感到爸爸是支持他的。那个青铜似的人影像火炉发热一样，给他发送来看不见的强有力的信息：孩子，你要顶住。是你妈妈非逼你要这么自讨苦吃，我可没逼你。我和你妈妈是不一样的。到时候我会站出来说话，我在这个家里是说了算的，这你清楚，孩子，现在就看你是否坚持得住，就像上甘岭要顶住美国鬼子的轰炸一样，我的援兵马上就到！

小约索性把眼睛闭上了。他害怕那根嶙峋的"寿比南山"，害怕眼前这个披头散发的女人。看着她亲手打自己，这是件很恐怖的事情。但他必须付出这种代价，才能换来今后早早睡觉、去公园游玩、看米老鼠和唐老鸭的权利。他算术很好，会算这个账：要忍受一时皮肉之苦，换回今后的安宁幸福！

一向细致的朱叶梅在暴怒之下，忽视了这父子俩的感情交流。她一不做，二不休，紧咬着嘴唇，像举铁锤一样，把"寿比南山"砸下去。突然她看到儿子紧闭的眼睫毛，快速地颤抖着，好像一只刚孵出来的小麻雀的翅膀。在睫毛幽黑的缝隙中，有一粒晶亮的龙眼核在游弋……

小约发现妈妈已知道自己偷看，这一次真的闭上眼睛，耳朵却像蝙蝠一样灵敏。他清晰地听到了"寿比南山"划开空气的尖锐音响，仿佛撕一块很结实的布料。听到受伤的空气像溪流一样从四面八方涌来，填补在"寿比南山"抛开的黑洞里，然后是很沉闷的一声，好像是一个盛满白糖的罐子被敲碎了。他不由自主地哆嗦了一下。

不疼。依旧是不疼。痛苦比想象中的要好忍受得多，小约鼓励自己挺住。

啪地又是一下。

仍旧还是不疼。皮肉完全木了。最初挨的一棒子苏醒过来，开始火辣辣地疼。小约开始害怕，他知道后面这几下要比开始时重得多。当时越是感觉不到痛楚的伤痕，后劲越大。

啪……啪……

"你给我住手！"李科像狮虎一样咆哮起来。

小约泪水涟涟充满悲愤地睁开眼睛：爸爸你为什么不早来救我！

他看到妈妈的手臂上，横七竖八布满紫色的印痕，好像一堆少先队干部的几道杠标识，全部钉在了妈妈的左臂。

"小约，你看好。今后你要是再写错字，我就打我自己。"朱叶梅异常平静地说。

她示意小约仔细去看自己的伤口，被"寿比南山"击打过的伤痕像一条条粗大的叶脉，周围无数小血珠像春天最初的嫩草，齐刷刷地从洁白的皮肤中迸射出来，渐渐布满整个胳膊，仿佛那里贴着一片又一片如火如荼的香山红叶。

"妈妈——"小约撕心裂肺地叫了起来。不仅是这些鲜艳的血叫他感到害怕，妈妈脸上那种坦然到近乎表演和炫耀的表情，更使他毛骨悚然。

"你这样做，太残酷了。无论对你自己，还是对小约。"深夜，李科对妻子说。他们都没有睡着，但谁也不先开口。还是男子汉姿态高。

"这个世界原本就很残酷。我曾经多么想要一个女孩，我想我一定会把她培育成一个美丽善良人人喜爱的姑娘。所有女人的美德我都具有，我要把它传给我的女儿。可惜，上天给了我一个儿子。"

"这么说，你不喜欢小约了？"

"等到我真有了孩子，我才知道你不可能挑选，也没有资格说喜欢不喜欢，你只有一个责任，就是把他培养成人，培养成一个有用的人……"

"不跳级就等于没有用了吗？你太绝对了……"

"别打断我的话。假如他是个女孩，我知道我该怎么办。可他是个男孩。男孩和女孩是不一样的，他们必须要建功立业，成名成家。一个好女人，只要相夫教子就够了。你是我的夫，可你已经不需要我的帮助了，你的一辈子就是这么回事了。我只剩下一件事：教子。孩子还是个未知数，像当年老人家所讲，一张白纸，好画最新最美的图画。我就是要制造些苦给他吃，我就是要给他选一条常人都不敢走的路。他以后若真成了器，他会感谢我，他会回忆起他的母亲曾给他严厉而慈爱的教育，就像许多伟人所写的回忆录那样。为了这个，我就是受再大的苦也心甘情愿。假如他终于什么也不是，庸庸碌碌，一事无成，到了也不过是个小科员，那我也是尽了心尽了力，终究是他自己无能……"朱叶梅突然闭了嘴，她察觉到自己无意间伤了丈夫。

李科什么也没有说。他悲哀地认识到：一个在社会上没有地位的人，在家里也同样没有地位，无论他的妻子多么想贤惠。

小约在黑暗中听到了这些对话。他的胳膊把他疼醒了。

最后的日子到了。

毛老师在将近期末的时候表示了热情，减免了李约的部分作业，并送来三年级的教学参考资料和一些复习卷子。这种卷子被学生们习惯地称为"大篇子"。朱叶梅知道，这是到了摘桃子的时候了。但她仍旧很高兴，乐意叫毛老师摘这个桃子。这说明她的努力没有白费，富有经验的老教师已看出成功的端倪。况且她已心力交瘁，任何一点外援她都感激涕零。

毛老师主张单独对李约进行考试。如果合格，就可以径直从二年级升入四年级了。朱叶梅坚持让小约参加三年级的期末考试，像一个正正规规的三年级小学生。卷子上的分数将说明一切。她觉得这样更严谨，更光明正大。

校方同意了朱叶梅的要求。考试的前一天，小约把自己的桌子从楼下搬到陌生的三年级教室。"老师，我头晕。"小约搬不动了，楼梯很高很陡，孩子们对跳级生充满了嫉妒。二年级和三年级的孩子都被父母指责为无能，他们不愿意帮助这个面色苍白的男孩。

"叫你妈妈来帮你搬吧！"毛老师不愿公开表现出自己的热心。这孩子万一考不好，要知道这可是硬碰硬的考试，她可不愿留下越俎代庖的话柄。

小约自己吃力地把书桌搬进三年级教室。三年级老师让他把桌子紧靠着讲台，这样在考试全过程老师都可以严格监视他。三年级老师不相信这个普通人家的孩子，可以不学三年级的课，就能考三年级的试。她要看他是否作弊。

小约不愿意再劳累妈妈了，因为他知道妈妈已经太累了。

一个挺好的晴天。这是个好兆头。

李科去买的早点。每人一根油条，两个鸡蛋。小约已经很长时间胃口不好，再也没有那种像小老虎一样的吃相了。他勉强吃了一个鸡蛋，不肯吃油条。

"得吃下去。这是图个吉利，象征你考 100 分。"李科说。

朱叶梅把油条接过来说："妈妈替你吃下去，咱们俩是一个人，这份吉利跑不了。你也别把今天的考试太当回事，别抱不合实际的想法。你没听人家的课，都是妈瞎给你讲的，考不了 100 分不要紧，能得 80 分就行了。不，60 分就行了。及格就能跳级，跳上去再说吧。"

小约乖乖地点了点头。

小约拿起铅笔盒要走，朱叶梅说："我送你去吧。"

孩子已经越来越大了。小的时候，朱叶梅天天骑车带他上幼儿园，当然，看见警察要提前下来。到学校的路虽远，但很僻静，没有警察，朱叶梅却不骑车，只是推着走。她已经带不动儿子了。

"哟！这是上哪去啊？"胖三的继母问。

"上学校。"朱叶梅简短地回答，她不想耽误工夫。

"孩子的腿怎么了？伤得厉害吗？"瘦女人很关切地凑过来，恨不能扒开小约的裤脚看看。

"腿没什么事。我只是想给孩子省点力气。"

"孩子的力气还用省？跟井水似的，淘干了，睡一夜，第二天照样满满的。倒是咱们这个岁数，该给自己保养保养了。"瘦女人抚摸着自己干燥的脖子。

朱叶梅很希望自己快些衰老，这样她的儿子就快些长大了。

她本想借着走路再给儿子最后叮嘱几句，但10岁的男孩坐在后座上，双腿快耷拉到地上了。人又是个活物，磕磕碰碰并不好推，她得把全部精力都放在走道上。

"妈，还是放我下去自己走吧！"小约说。这一段没日没夜的读书，好像是给生果子施了催红剂，小约明显地长大了。他知道正面劝妈妈肯定不行，便施了个小小的计策："我的腿坐麻了。"

朱叶梅不说话也不停车，知子莫若母！

朱叶梅放下儿子。前方就是学校的铁栅栏门，家长们必须止步了。

"去吧！"朱叶梅什么都不想再叮嘱了，该说的话早已说完。

"妈妈，再见！"毕竟是孩子，小约似乎忘记了这种大战前的肃穆和恐怖，清脆地呼唤了一声，蹦蹦跳跳地闪进了铁栅栏门。

"你回来！"朱叶梅声音嘶哑地叫起来。

"妈妈，您还有什么事吗？"小约像被绳子拴着的小狗，猛然被拽了回来。

"妈妈只是想告诉你，就是考坏了也不要紧，妈妈再也不会打你了，妈妈还要带你去公园玩……"朱叶梅猛推转儿子的头，不让他看见自己眼里聚集起的水分。

孩子走了。

朱叶梅无力地倚靠在学校漆着绿漆的门框上，委顿得像一个甩尽蚕子的蛾子。她看着儿子在学校笔直的甬道上越来越小，直到被方正得如同一个黑匣子的教学大楼所吞没。

现在，她该干什么？该上哪里去？多少日子以来，支撑她整个生活坑道的枕木突然被抽走，思绪像碎矿石一样坍塌下来，她像被抽了筋似的轻松了。

她请了整整一天假。现在还很早，太阳像一颗铜纽扣，悬挂在天空的颈子上。

她觉得没有任何事情值得她现在去干，最重要的事就是等待。她只剩了一个干燥的躯壳。那个汗淋淋的灵魂，已随那个小小的人儿走了，走进一间森严陌生的教室，铺天盖地的卷子发下来了，铅字排成的蚁阵绞结成一个个死扣……

朱叶梅呻吟了一声。一个过路人关切地看了她一眼，以决定这个面色苍白的女人是否需要人帮助。

朱叶梅摇了摇头。并不是她自身有什么痛苦，她很好，或者说她已完全丧失了对自身的感觉。她纤细的神经像网一样地铺开去，罩在那个小小人儿的手上脸上心上，在上课铃响的那一瞬间，她感到那个孩子琴弦一样地在颤抖……

也许，真的是她太残忍了？她有什么权力把孩子逼成这样？仅仅因为她是他的妈妈，给了他四肢百骸，她就可以这样随心所欲地把自己的意志强加于他吗？他无法操纵自己的命运，他还小，他在一片混沌迷茫之中，被自己的母亲强行送上一条充满艰辛的小路。母亲用自己的双手编织了一顶荆冠，逼着小约从中穿行……

朱叶梅清晰地看到了那个卑劣的自己：正把自己幼年时的梦，对丈夫的失望，对今后命运的赌注，像拾破烂一样杂乱地丢进一个大筐，再盖上一块美丽的毛巾，把筐劈头盖脸压在孩子稚弱的双肩……

我真是那样卑劣下作吗？不！不是！朱叶梅激烈地为自己辩护：我没有办法护卫孩子的一生，我只能千方百计地教会他在这个充满竞争的世界里生存。有一天，我会死去，化成白烟，在空中飘荡，可我的儿子会体面而荣耀地活下去。一个女人最大的事业在于她塑造了人，我想把这件事做得好一些，像我曾经是一个优秀的学生、出色的车工一样，我有什么过错？

她面对的是一个绝等精密的零件，像那些古代流传下来的孤本书一样，弄坏了，她再也无以修补。她的妈妈曾经有过七个零件，她漫不经心地养活着他们，知道遗失了一个还完全可以补救。朱叶梅这一代人，都没有这个资格了。

她只能成功，不能失败！

朱叶梅决定哪也不去了，就这样倚着校门前的老槐树，直到黑匣子再把她的儿子吐出来。她急切地想抚摸他松针样坚硬的短发，想亲吻他那汗湿的额头，想摩挲他那因为过度握笔而硌出红痕的中指……不管孩子考得怎么样，她都不会再说一句关于考试关于跳级的话了。见鬼去吧！万恶的考试和跳级！她只要儿子，要那个属于她的男孩！

起风了。夹着凉意的雨丝毫无征兆地飘落下来，老槐树的叶子像风铃似的剧烈摇曳。天空在一瞬间突然暗淡，仿佛有奇异的黑色染料在空中弥腾。

一个硬而脆的东西尖锐地击中了朱叶梅的头颅，她觉得眉心被钻了一个洞。她惊骇地仰起脸，那玩意儿迅即滚进了她的耳郭，在温暖的耳窝里化成一汪水。

城市里仿佛埋伏了无数面锡鼓，在同一瞬间被来自天空的指甲敲响。无数只潜伏的青蛙开始鸣叫。

朱叶梅无处躲藏。她醒悟得太晚了，周围仅有的几家小铺面已挤满了人，再无立锥之地。她孤零零地站在老槐树下，看冰雹划着优美的白线，把树叶打得像羽毛样逃窜，沉沉地坠落到地面。城市肮脏的地面仿佛成了洁白的海滩。

小约……小约现在在做什么呢？他一定在看窗外，因为自从他出生以来，城市还没下过像模像样的冰雹。

小约，你不要看窗外，你咬咬牙，一定要做完你的卷子。妈妈去给你捡冰雹，等你考完试出来就能看到了。

朱叶梅撕碎人们惊讶的目光，冲进碎石一般的冰雹，任这天上的使者把她敲得像一个空铁皮桶。她俯下身，像拾麦穗的女人，在地上翻捡着，企图捡一粒最粗壮饱满的冰雹。

雹粒和雨滴相仿，在同一块云彩里储存的，质量都一样。

朱叶梅便把手心窝成盆地的模样，迎着天空，想接住一颗美丽硕大晶莹的冰雹，送给自己的儿子。他还从来没有看过这种大自然的造化呢！

雹雨骤然而来骤然而去，天像鸭蛋皮一样清爽洁净。一道虹，像时下女人们流行的扎染绸巾，斜系在天的胸前。

朱叶梅的十个指尖都往下滴着冰水。冰雹无可抑制地消瘦下去菲薄下去，直至变成一把迷蒙而冰冷的水汽。

朱叶梅非常思念丈夫，这个阴郁得一言不发的男人。她知道无论丈夫多么不赞成，他从内心里还是希望她能成功。

朱叶梅看到一个高大的男人抱着一个孩子，从黑洞洞的教学楼门走出来。看不清脸，只看见那孩子穿着一双崭新的白色网球鞋。在冰雹造成的积水与泥泞中，那白色像银子一样触目惊心。

只有她的小约才穿着这样纤尘不染的白网球鞋。鞋是新的，而且早上从家到学校，他几乎没有用自己的脚在地上行走。

一种来自血缘的震颤，使她感觉到那个孩子是从自己血肉上分割而出的。朱叶梅疯了似的扑了过去。

"这是我的孩子。小约！他怎么了？怎么了？"

随后赶来的毛老师把小约交到朱叶梅手中，对男老师说："谢谢你！这么大的孩子，够重的了！"

朱叶梅一点儿也没感到小约沉重，她抱着他，好像是一个襁褓中的婴儿。小约脸色惨白，但朱叶梅看到自己俯下的额发，被孩子轻轻的鼻息吹动。

"别紧张。我们刚开始也以为他是昏过去了，其实，他只是睡着了。刚一交卷，就在考场上很香很甜地睡着了。"

朱叶梅不相信毛老师的话，她伸手去摸小约的额头。满手的冰水，强烈地刺激了小约，他被冻醒了，看到澄澈明艳的蓝天。

他看到了妈妈，他打了一个寒战。他多么不愿意醒来啊，他愿意永远永远地睡去。

"小约，我刚才给你攒了许多许多冰雹……"朱叶梅张开手，那里有一团淡蓝色的冷烟。

小约看着妈妈的手，想到那里曾经存在的温暖和伤痕，他说："妈妈，妈妈，假如我考得不好，您也千万不要再打自己了，您打我吧……"

毛老师微笑着说："小约母亲，祝贺您，小约的卷子，已经最先判出来了。他考得很好，可以跳级了……"

妈妈福尔摩斯

一

　　我正在家包馄饨，有人敲门。馄饨趴在盖帘上，像遗失的草帽一般可爱。

　　是儿子也也回来了。他有门钥匙，但如果知道我在家，总爱敲门，等我去开。小小年纪就愿意享受家中有人开门的温暖。

　　他今年13岁，在一所重点中学读初一。很乖。为了这乖，我今天特意抽出时间，给他包馄饨。

　　打开走廊门，我看到一张肿胀、瘀血、肮脏的脸。只有从紫色眼眶包绕的澄清双眸，才能认出依然是也也。

　　"和人打架了？骑车掉沟里了？撞墙上了？"我忙不迭地问，一百种可怕的理由在头脑中冒泡。

　　"我被人……打了……"也也的眼泪像透明的小棍，直直地戳下去。

　　"被什么人？因为什么？"我急切地晃他的肩，像晃一扇单薄的柴门。

　　也也能提供的线索极为简单。早上，他和维娅一同上学。维娅是我们同楼的一个女孩，与也也同校，他们每天都一起走。到丁字路口，突然从路旁窜出两个高大的男孩，一个脸上有疤的一把拽停了也也的车，彬彬有礼地问："你就是也也？"待得到确切答复后，疤孩子脸上的疤突然扭动起来："半个月了，我们等的就是你！你做的坏事也太多了！看拳！"

"然后呢？"我看着也也因为肿胀而变形的脸，仿佛面对一个陌生的孩子。心像湿毛巾一样被拧紧，只不过滴下的不是水而是血。

"后来我想是上学还是回家。想起您说过，课是一天也不能缺的，就上学去了。"

"到了学校，校医说没有什么药可治，只有等皮下面的血慢慢吸收。妈妈，您不要难过，当时疼，现在已经不疼了。真的，一点都不疼。"他摇了摇小手，而不是摇头。我这才看见他肮脏的小手上，有一块偌大的青紫。男孩子没有镜子，不知道脸比手的伤要严重得多。

我真想发出一声母狼似的哀号。该死的疤孩子！

"打你的时候，维娅在干什么？"我要把事情弄得水落石出。

"她在拉打我的另一个男孩。"

"你真的不认识疤孩子们？你有没有得罪过他们？比如借他们的钱，或者弄坏了他们的东西？"我觉得此事蹊跷，常理不通。也许也也隐瞒了什么，那将比他身上的青紫更令人可怕。

"没有的！妈妈！"儿子赤诚地看着我，倒让我觉得自己内心卑污。

我要也也去洗脸，自己镇静下来思忖。

切好的馄饨皮，一个个规整的梯形，在阳光和风的拂照下，渐渐干燥皲裂，生出龟板一样莫测的裂纹。

我敏锐地觉察到也也面临着一个阴谋。不认识而蓄意殴打，伏击半月，今日终于得逞。其后必有一个主谋潜心策划。

他是谁？要达到一个什么目的？

我说："再想想，疤孩子还对你说过什么话？他打你，总要有个缘由，或要你接受一个什么教训。世上没有无缘无故的爱，也没有无缘无故的恨。这是毛主席说的。"

每逢我遇到一筹莫展的难题时，少年时背诵过的语录，就会像浮雕般地凸印在脑海中，而且非常自然。

也也便努力去想，仿佛在解一道数学奥林匹克题。终于，他说："他要我从这条路上走。"

"哪条路？"我追问这唯一线索。

"丁字路。"也也毫不迟疑地回答。他的记忆像冬眠的蛇苏醒过来一般。

我骇怪。只听过不许从某某路走才把人打个鼻青脸肿，怎么还有非得从某某路走的威吓？

整个都不合逻辑！作为一个普通女人，我所有的破案推理知识，都是幼时从福尔摩斯那儿学来的。我百思不得其解，突然发现一个致命的缺陷：所有的材料都来自也也，这只是一面之词。

"我到维娅家去。你在家里好好写作业。头虽然被打了，作业还是要得 5 分。"

走出门才想起孩子还没有吃饭。

维娅的母亲很漂亮，有着少女一样的身材。"是您，稀罕，快请坐。"

她对我很热情。"维娅在学校排节目还没有回来。"维娅母亲抱歉地说。奇怪，她怎么知道我是来找维娅而不是找她？也许高层建筑里的人们素无联络，只有孩子是共同的公约数。

我约略将也也挨打的事说了，美丽的女人不安起来："哟，怎么会出这种事呢？"

美丽的女人，精神都脆弱。要是她的维娅被打成也也那样，真不知这女人会怎样忧伤！

我说："我一定要把这件事搞清楚。"

她点点头。

维娅回来了，黄昏的房间立即如同早晨。美丽的维娅妈妈黯然失色，仿佛一枝花的标本。

"阿姨问你早上也也挨打的事情，你如实讲。不要因为同也也是朋友，就偏袒他。"我对维娅很严肃地说。想到面目全非的也也，觉得女孩多么好！维娅的妈妈就不用当福尔摩斯，只并着腿坐在沙发上织毛衣。

"早上我们走到丁字路口，突然从路旁窜出两个高大的男孩，一个脸上有疤的孩子按停了也也的车，问他'你就是也也'，也也点点头，疤孩子突然变了脸，说……"

维娅以女孩的柔弱，慢慢地回忆，慢慢地讲述。

我抑制了许久的泪水，淌流而下。不仅仅因为维娅复述了也也挨打的过程，使那悲惨的场面又像慢镜头似的在眼前闪过……不仅仅因为这些，而是维娅的叙述同也也的叙述太一致了。我的也也真诚得像一面镜子，这事情又如此光怪陆离。我将如何向他解释，他今后将怎样看待这个世界？

"为什么要打呢？"我要问清这个最根本的症结。

"我拉住那个没疤的孩子，说你们不要打了不要打了！他说你们一定要走这条路。"

又是这句话！"以后一定要走这条路！"这条路上究竟有什么？

"你觉得这到底是怎么回事？"明知十几岁的女孩子回答不了这问题，我还是茫然地问这个当事人。

"不知道。"

我一无所获回到家。也也说："我饿了。"

"你饿了，我还饿呢！可这算怎么回事？走！跟我走，不把事情搞明白，我们不吃饭！"

我扯着也也走在他上学的大路上。他的手心有汗，我不知道这是因为热还是因为怕或者是饿。

我无目的地四处逡巡，仿佛想找到作案时的血迹。

街上的人们步履匆匆。他们看到一个妈妈牵着一个男孩缓慢地在走，一定以为是饭后散步。北京人神气地把这称为遛弯。

"这是周东的家。"也也耐不住这令人压抑的沉默，悄声说。

周东我认识，一个潇洒的男孩，也也小学的同桌，现在还常到我家借书。

"他今天早上可在路边？"我想也许会有出人意料的线索。

"我和维娅上学的时候，经常看到周东。但今天不在。"也也回答得很清晰。

又一线希望落空。但也也下面的话，引起了我的高度警觉："周东问过我，维娅是不是不爱说话？我说不是呢，爱说又爱笑。周东说，那你们以后从这儿走，咱们一块聊聊。"

我从这话里嗅出了某种阴谋的气息。也许是一颗母亲的心过于多疑。

"咱们到周东家去一趟。"我说。

"好。"也也挨了打，反倒像做了亏心事，回答怯怯的。

周东不在家。他的妈妈，一个极瘦的女人在煎带鱼。带鱼亮得像一截镜子，不用放油也在煎锅里吱吱吵个不停。

我把也也挨打的事约略说了一遍，并把也也伤痕最重的半个脸，推到她面前。这样做虽然使也也难堪，他是一个好面子的男孩，但我顾不上了。我要唤起这位母亲足够的同情心，帮我抓到凶手。

"噢！好可怜！到医院看了吗？不论谁打的，总是要先医病。我家周东可不知道这件事。他每天早上出去锻炼身体，什么也不知道。"

我并没有说她的儿子怎样，她就这样慌忙地往外择自己，像从一把韭菜里剔出一根笤帚苗。这使我不快，又不敢在面上显露。

"周东怎么还不回来？"我心焦了。带鱼已煎得黄如包米面饼，我无心吃饭，但对也也是个折磨。周东上的普通中学，绝不至于加课至此时的。

"到拳击学校去了，就快回来了。"瘦女人大约也看出了我的不达目的誓不罢休，转而衷心地希望儿子快归，语调反而比初见时热情。

我的心又倏地一紧，缩成一团不再松开。拳击学校！

我总觉得孩子们打人的方式，最早应是从他们的父母那儿学来。父母再恼子女，因为他们的幼小，打的时候只用掌，而没有用拳对准婴儿的屁股的。待到孩子学会了用拳，必是有意无意钻研了打人的艺术。

"为什么要上拳击学校呢？这么晚都吃不上饭，孩子该饿坏了。"我并非完全是为了搜集情报，将心比心，谁的孩子也是孩子。

"听说拳校最优秀的学员可以到日本进行训练。孩子想出国，咱一个穷工人，又没有别的出路，全靠他自己奔了！这带鱼还是春节发的。若不是公家给的，谁舍得买这样宽的带鱼吃！每天煎一段，专为小东补身体。"瘦女人将带鱼翻了一个身，把空气搅得浓腥香热，鱼段黄得已无可再煎。

好无聊，好尴尬，可我不能走。

对面桌上有一个花布包。正确地讲，是用许多碎布拼成的一个录像机套子。布套热闹而火爆，有二踢脚般的喜庆气氛。只是因了它的鲜艳恍然使我觉得那包裹中是一个婴儿。

周东的妈妈突然将手指横在腮帮一侧，好像一柄牙刷："那打人的孩子的伤痕，是不是这样的？"

也也立刻跳起来说："就是就是。"那模样活像他出的谜语被人猜中了谜底，竟很有几分遇到知音的得意。

那根手指很长，带着阴影横在脸上，很凶恶。

那女人刚想说什么，忽又泄了气。她想说什么的时候，我没在意。她一泄气，倒引起了我的警觉。

何事不可以对人言？

"您见过这孩子？"我问。话出口又觉得冒昧了些。

"不认识。没见过。我哪里知道。"她连连否认，手在围裙上蹭了正面蹭反面，好像手掌是一柄刀。

这否认似乎太多了一点，大人对大人，原不必如此。

静默。较之刚才，更令人难耐。

但我一定要等下去。

终于门响了。我们的身高都不由自主地向上拔出一截，仿佛那门是一道符咒。

周东走进来，脸红得不可能再红。放了学就去打拳，至今还没吃饭，真够辛苦。

"哇！鱼！好香！妈妈，我——"突然，他像被人强行塞入了一个鸡蛋黄，半张着嘴，噎在那里。

他看到了我们，看到了也也那张肿胀若笸斗一样的脸。

我竭力控制住自己，力求冷静、客观和公正。我需要观察。不带任何偏见，不先入为主，不掺杂感情色彩。

我不动声色地开动起直觉的雷达，捕捉哪怕是蚊蝇般的异常。

那孩子惊愕。

惊愕很正常。看到自己朝夕相处的小伙伴被人打成这样，自然应该惊愕。但这清俊的少年突然不再惊愕，脸上出现了不属于他这个年纪的坚毅与顽强。他很清晰很强硬地说："不是我。"

他的全部伪装在这一瞬间，蓑衣似的从肩上滑落。他毕竟还嫩。他没有表示噎噎的同情，没有询问打人的经过，首先想到的是自我开脱，这是最初级阶段的欲盖弥彰。

他的母亲轻松地吁出一口长气，痛快得从脚后跟直贯到颅顶："不是你就好。吃饭吧！吃鱼。"她瞟我们，眼珠像两艘游弋的驱逐舰。

"我没有问你，又没有说是你，你为什么就说不是你？"对这孩子的愤懑、对这家长的姑息使我语无伦次，像说一段蹩脚的绕口令。

周东距离我很近，近得我看得清他唇上极细的须。也也上学年龄小，品学兼优又曾跳过级，与这孩子不是一个数量级。

周东出人意料的镇定："您领了一个被打的孩子到我家来，当然是怀疑与我有关。不是我干的，我当然要把自己择出来！"

轮到我瞠目结舌。他说得很有道理，简直无懈可击。但正是这种天衣无缝，令人生疑。作为一个少年，回答的速度太快。

"我并没有说是你。我不过是想了解一下你是否知道一些情况。"我不得不退攻为守。

"我既不是打人者又不是被打者，我怎么会知道当时的情况！"他的话滴水不漏，昂着头像一只骄傲的公鸡。

"但你每天早上都要到路边去，今天早上也很可能看到些情况。"我咬住问。

"我去是去了，可我没看见。我已经有 20 天没看见他们了，为什么今天就一定应该看见？"男孩子突然委屈起来。

20 天这个数字引起了我的注意。作为也也的普通同学，这份关心是否过于精确？况且在打人者不多的话语中，也鲜明地出现了时间概念。这其中，可有蛛丝马迹的联系？

"听说你说过让也也和维娅从你家门前的丁字路口过？"我问。

"没有。"周东矢口否认。

本来这不是一个多么严重的问题，但他的否认，引起了我的高度警觉。

"也也，周东是否说过这个话？"我提问证人。

"说过的。周东，你忘了，那是在 × 时 × 地……"也也很热心地提示他的朋友。

"没有。"周东依旧断然拒绝。

这其中有鬼！谎言必然企图遮盖什么。尽管他不是凶手，我要通过他，把疤孩子找出来。

"阿姨知道不是你。也也与你是好同学，也也挨了打，你应该帮助阿姨。也也没有死，也没有瞎了眼睛，以后总会把疤孩子认出来。你说了，阿姨有奖赏。

我觉得自己的话，不但苍白无力，而且充满虚伪。我对面前这个比我还高的长胡须的男孩十分仇恨，几乎认定他是一个阴险的幕后策划者，苦于没有证据。我要借他的手拿到这证据，便使用胡萝卜加大棒。

事情绝不像我想的那样简单。周东显得比我老练："阿姨的意思是说我和打人的人认识，可我确实不认识。您要是还不相信我，这样吧，明早上您领着也也到我们学校去，跟教导处说，让同学们站成一排，让也也一个人一个人地认，这样总行了吧！"

这一次我不仅是瞠目结舌，简直是目瞪口呆。周东这样设身处地为我们着想，办法算得上完美无缺。也也跃跃欲试："脸上的疤，如果是刀子划的，大约过多长时间就看不出来了？"

"要经过整整一个夏天的太阳照射之后，伤疤才会消失。"我心不在焉地说。

"那我是一定可以认出来的。"也也很有把握。

周东的母亲见自己儿子处事得体，不觉得意："就这么着办吧！明天你领上你儿子，到我儿子的学校去查。查到了，自然什么都清楚了。查不到，与我们无关。您说是不是？"

我想说不是，可我什么也没说。我一个成年人，落入了一个少年的圈套。他的无懈可击在我看来满是缝隙，从中逼射出少年人的阴冷！我养育了也也的单纯和善良，我以为所有的少年人都对成年人唯唯诺诺。没想到这刚长出胡须的男孩子，为我画出了一条马陵道，我百不情愿，却只有乖乖地走下去。

我拉着也也回家。城市到处有刺目的灯光，黑夜便显得支离破碎，像牛奶杯里浮动的铅笔灰。

家在六楼。在心情不好又没吃饭的时候，家好像修建在天上。也也已饿得瘫软，他要我拉他上楼。

楼梯里所有的灯泡都不亮，这在公寓楼里很正常。总算走到家门，突然在黑黢黢的背景中矗起一个更为黑黢黢的人影。

我没有害怕。心好疲惫，已没有害怕的能量。再说儿子在身边，我要保持尊严。

"谁？"我问。

"我。"答道。是个女人。

中国人的社交面窄，一个"我"字延续出的音域，已足以让人分辨出身份，但我不知道她是谁。

三

"我是维娅的妈妈。"她说。

今天我注定要同许多的妈妈打交道。我刚从她那儿出来不久，她又想起了什么话要对我说？

也也满脸沮丧，他的馄饨看来是吃不上了。干涸的馄饨皮裹着橙红色的肉馅依稀透明，乍着双翅好像一只只肉燕。"你去吃方便面吧！"我吩咐道，也也听话地走进厨房。

"我来跟你说……我早就想跟你说，可是刚才孩子在，不要让孩子听见。我知道这件事……不，是我猜到的。我不想说，可是我还得说……都是孩子，都是妈妈……"漂亮的女人颠三倒四，你完全不知道她想说什么，唯一的只有等待。

"你的孩子是为我的孩子挨的打。"她的语句突然流畅起来，好像水龙头脱了扣，大股水流奔涌而出。

"维娅漂亮。当然当妈的夸自己女儿漂亮是不谦虚的，可这是实事求是。我什么都不怕，我就怕维娅漂亮，我小时候就很漂亮，我知道那种滋味……"她目不转睛地看着我，翘而弯曲的睫毛在她脸上，刷出浓密的阴影。

"您现在也很漂亮。"这话不合时宜，但确为我此时所感。

"不！我老了。我不是想说这个。"她猛地摇头，好像刚从游泳池里爬出来，要甩去满脸的水珠。

"还是漂亮好。"我说。不知是反驳她还是阐述自己的观点。我曾想过以后给也也找妻子，一定挑个漂亮的女孩，这样我就可以得到一个漂亮如洋娃娃的孙子或是孙女了！

"漂亮不好，"漂亮的女人顽强辩驳，"有许多人拉住维娅，给她写信、递条子，在我们家的窗台下喊她的名字，好像她是个放荡的女孩。"

"所以我不让维娅同任何男孩子讲话，不许与他们同路。但是有一个例外，就是你家也也。也也乖，有家教，知书达理……"

我很想谦虚一下。漂亮女人用手掌朝我口的方向一挡，干脆得像电影里抓俘虏的噤声动作："是这么回事，也也让人放心。还有很重要的一条，也也比维娅小，他还什么都不懂……"

啊！我的儿子！在你还什么都不懂，连自己都不能保护的时候，已经被人在暗处强行赋予了骑士的责任。

我不知道该为儿子悲哀还是骄傲。

"这次也也挨打，肯定是为了维娅。我不愿意承认这一点，但我不来同你说，我良心不安。一定是某个男孩想同维娅好，维娅不理他。维娅听话，这我有数。那个男孩就把怒火迁到也也身上，以为是也也占据了维娅的心。事情就是这样，他就叫人把也也打了一顿。我想出来答案，跑来告诉你……"女人说完，垂下眼帘。我再看不到她那双美丽的眼睛，只见两道残月似的黑色弧线。

我立即断定了这推断铁一般的不容置疑。

周东喜欢上了维娅。这一切如何开始，已无从考证，就像你说不出第一片绿叶是何时萌生。周东借也也维娅上学之际，在路边同他心中的女孩讲话。哪怕不讲话，就是看一眼也好。

于是丁字路口的晨雾中，每天都伫立着一个潇洒的男孩。

也也和维娅上学有好几条路走，就像语文试卷中的填写同义词。两个一无所知的孩子时而从这条路走，时而从那条路走，随心所欲，毫无规律可循。

潇洒的男孩便常常空等。

那是怎样的空寥、寂寞和惆怅。男孩一生中第一次品尝到了浓烈的失望。

于是他思索再三，他找到了陪伴女孩的小男孩——我的儿子也也，对他说："以后你们从我家门前过。"我猜他说这话的时候，脸上一定装得若无其事，心里一定叮叮当当。

也也一定答应得很干脆，他是那种乐于助人的孩子。但其后，他把这件事忘了。他既没有利用自己对维娅的影响力，暗中左右行路的方向，也没有觉察到这种要求的异常，想出任何应对的策略。两只快快乐乐的小鸟，一个月没有从丁字路口过。

前半个月，潇洒的男孩像钟表一样准时出现，风雨无阻。无数辆自行车闪光的车圈在他面前驶过，但没有那个女孩。一直等到完全丧失希望，他才蹒跚回家。他那瘦弱的妈妈也许会探摸他的头，因为他脸色十分难看。

在经历了等待、焦虑、阴郁、刻毒之后，所有这些情绪混合在一起，发生化学反应，生出一种新的物质，叫作仇恨。

后半个月，男孩策划了一个阴谋。他雇请了两个打手，教他们认清哪个是也也。他和也也偎在一起亲密嬉笑的相片，一定也让疤孩子看过……

我无力地呻吟了一声，像风雨中一扇破旧的窗户。

"我走了。我心里很难过，自己没有更多的力量能帮助你。我只能告诉维娅，明日上学自己去，不要与也也同行。"

"不！不要这样！"我急忙阻止，"一同上学并无过错。这种无缘无故地不准他们同行，我们将如何解释？这是一种邪恶，对邪恶不应低头。"我握住漂亮女人的手，她清秀的指骨像琴弦一样抖动。

四

终于，丈夫回来了。

"看看你的儿子吧！"我把也也推到他面前。

"打架打的。"丈夫毕竟是男子汉，全然没有吃惊，瞬间作出准确判断。

"是叫人家打的！"我把儿子支开，把两次出访及维娅妈妈的回访和我的全部推断，一股脑儿告诉他。

"先吃饭好吗？我肚子饿了。"他平缓地说。

我像看陌生人一样看他，觉得近乎冷酷。儿子被人打成这样，老子却只关心自己的肚子！

"我还没有吃饭呢！吃吧吃吧！让儿子被人打死好了！"我歇斯底里地叫嚷，所有的矜持、所有的镇定都在丈夫面前化为灰烬。

"那我们一起吃。"丈夫不动声色地说，然后走进厨房，把纱翅帽般的馄饨丢进开水锅。数量太少，他就把干枯的面片也丢进去。锅内翻江倒海。

"好了。"他说。

我不理他。他找不到香油瓶，我也不告诉他，听任他把花生油倒进汤里。

我不吃。看他一个人吃。我等着他来劝我，他不劝，一个人吃得饱饱的。

"现在，我到周东家去。"他站在门口，懒洋洋地说。

我想外战正紧，不可再起内讧，对他说："我已经去过了，软硬兼施，那孩子什么也没有讲，像刘胡兰在敌人的铡刀前一样坚强，他的母亲还护犊子。"

"那孩子什么都会说的。"丈夫胸有成竹。

"你怎么知道？"我大为惊诧。那孩子策划周密，手段凶狠，绝非一般少年。

"因为我是男子汉！这种事，妇道人家出面是没有用的！再能干的妈妈也是妈妈，而我是爸爸！"

丈夫摔门而去。也也睡了。我焦急地等待，不知道将有怎样一个结果。突然想起那孩子伫望路边的等待，不知与我孰轻孰重？

丈夫回来了。脸色平如秋水。我突然怯怯，不敢问他。

他安闲地掏出一截纸条，丢在桌上，仿佛往锅里放一张馄饨皮，

"喏，这是那两个打人凶手的名字和学校。上面的那个就是疤脸。"丈夫冷静地说。

"你怎么得到的？"要不是怕惊醒也也，我会大叫起来。

"自然是周东说的，不然我从哪里知道？字条也是周东写的，我叫他写规矩点，可他依旧写得不好。他的字不行，不如也也。"

这个时候还有工夫评论字！我盯着看字条，像地下党的机要员在敌人破门而入时背诵文件一样。现在，这两个名字已经像钢印一样刻在我脑海里。

"你到底是怎样让他就范的！"

"很简单。我先征得他父母的协助。我说，各家只有一个孩子，都愿意让他成才。成不了才起码不能让他蹲监狱。现在这事起码有九成是你们孩子唆使人干的，比如你们就认识那疤孩子，但终不是周东动的手。所以，只要他说出打人的是谁，我就去找那两个小子算账，与你家无干。他父母还算明白，就躲到一边，由我去审他们的孩子。"

丈夫攻心为上，的确比我高明。随着他的叙述，我眼前像演一出电视剧。

丈夫对周东说："告诉我疤孩子的姓名。"

周东昂首挺胸："不知道！"颇有英勇不屈的气概。

丈夫说："真是好样的！你知道明天下午或者是后天下午或者是大后天下午，你会碰上什么事吗？"

周东说："不知道。"他脸上的敌意消退，露出渴望的神色。所有的少年都渴望知道未来。

"你会在哪个黑夹道里，被人揍得皮开肉烂！而且，我干的绝对比你漂亮，不会留下丁字路口这样的话把。"

周东的一颗牙咬着嘴唇，嘴唇渐渐变得同牙一样雪白。

"真的不是我打的。"周东说。底气却远没有刚才足，像自行车有慢撒气的毛病。

"但是是你指使人打的！明天，我们会带也也去认！"丈夫急了，他不愿以一个成年人的智慧与少年人兜圈子。

"认呀！认去呀！"男孩突然还了阳，兴奋起来。

丈夫立即敏感到这是一个圈套。小伙子，你到底还是太年轻！他把脸一沉："你以为明天我们会上你学校去认吧？傻瓜！我们去拳击学校！"

这是敲山震虎之计。如果男孩再沉着一点，他就可以蒙混过关了。可惜他的牙齿不由自主地陷入嘴唇，便有鲜红的极细小的血滴渗了出来。

"叔叔，如果我说了，你真的不去找我们学校吗？"男孩低下了那颗潇洒的头。

"真的。"丈夫说。以一个成年男子浑厚的喉音和毋庸置疑的胸怀。

"我去拿纸和笔来写。"男孩讨好地说。

"他终于草鸡了。没骨气！以后有什么重要工作，比如警察和安全部，不能要这种孩子。"丈夫安静地结束了他的出访报告。

"你混账！"我不顾教养地大骂起来。

"怎么了怎么了？"丈夫惊诧起来。

"你这是出卖原则，妥协投降！为什么答应不找他们学校？这种操守恶劣的孩子，怎能叫他逍遥法外！你用原则做交易，实际上是在包庇纵容邪恶！要用这种卑下的办法，我还用你去吗？我也早就把口供引诱出来了！我不要用出卖原则换来的纸条！"我把纸条团成一个球，朝丈夫的脸盘掷去。可惜纸条团得不够紧，在半路上坠了下来。

"可你认为领着也也到拳击学校去一个个查认凶手的滋味好吗？亏你还是母亲！那是一种残忍！残忍，你懂吗！"丈夫也咆哮起来。

也也在他的小屋哇地哭了。我们赶紧跑过去，以为是争执吵醒了他。

"妈妈，我做噩梦了。"也也睡眼惺忪。

"梦见什么了？"我轻轻抚摸着他的头发，感觉到逐渐刚硬起来的发丝扎着我的手。

"梦见一群凶恶的恐龙，拉着我说你是也也吗？然后就围过来……"

"以后谁要问你是也也吗？你就说，'不是，你有什么事，我可以转告他。'记住了吗？"

"记住了。妈妈。"

"睡吧，也也。噩梦要比好梦好，好梦醒来一看，世界满不是那么回事，你就会失望。噩梦醒来会发现，事情并没有糟到那种程度。没有恐龙，它们早在几亿年前就灭绝了。现在只有爸爸妈妈在你身边。"

我握着也也的手。丈夫的大手又握住我们俩的手。仿佛包饺子时，一个饺子漏了汤，就用另一张大饺子皮重新包一层，那个饺子便格外肥硕，煮也煮不熟。

也也睡了，满脸仍是惊惧。我用手抚去这恐怖的表情．但它们粘得很结实。

五

办公室的电话响了。"是也也的母亲吗？我是张五珠。"一个陌生女人的声音。

张五珠是谁？也也又怎么了？手中的听筒像一柄铁拳，沉重地击打我脆弱的心。

"我是也也的班主任。孩子挨了打，有些事情咱们需要交换意见……"

化妆盒会使女人的容貌变得难以确认，电话对声音也有这种功能。张老师是也也的班主任，很有经验的一位老教师。我一直尊敬地叫她老师，竟忘了她还有一个正规的名字。

我突如其来地哭了。

当着丈夫、也也和其他人，我掉过泪，但那不能算哭。那只是一只装得过满的桶，溢出的几滴水。只有在这空寂一人的办公室里，对着冷冰冰的话筒，我才痛快地哭了起来，任眼中的水被螺旋形的电话线，引流到地面。

对方静寂无声。每隔一两分钟有一声轻微的"哦"，表示她在注意倾听并未离去。

"真不好意思。对不起。"我平静下来后说。

"没关系。"她温柔地回答。

"假如你不忙，请到学校来一趟。"张老师说。

我很忙，但我还是立即到学校去了。

这两天，我到打人凶手的学校去了，拳击学校也去了。我言之凿凿，声色俱厉。各方领导对此都很重视，认为致伤虽不是很重，但事件包含着某种恶性犯罪的萌芽，表示一定严肃处理。我不放心，还特地打听了两个凶手的出身，知道都是平民家的子弟，没有官官相护之虞。我静等着处理他们，满含着报仇雪恨的快意。

儿子还是天天同维娅一道上学。我要让他懂得正义必将战胜邪恶和法制的力量。

张老师斑白的头发，像一段华丽的毛料。"我也是母亲。"这是她对我说的第一句话。

为了这句话，我的眼眶又发酸，但我再不会哭了。

"事情的过程我都已了解。现在，两个凶手所在的学校已经做出初步决定，给他们以留校察看，拳击学校已毫不留情地将他们除名。"张老师单刀直入对我说。

这天下终究还有公理！我长长地吁了一口气，在气的尾巴处闻到了炸宽带鱼的腥气。

"张老师，多谢您了！"我双手握着她的手说。这个结果并不是她做出来的，但激动之下，我总得感激一个人。

她轻轻地像褪手铐一样，把手从我的掌中脱出。"也也妈妈，等我的话说完，你如果还想感谢我，我将很高兴，只是这里不好谈。"

这是教师办公室。正是上课时间，静悄悄的没有一个人。

张老师领我到会议室。会议室洁净舒适，墨绿色的沙发，软得像个陷阱。

我兀地紧张起来。告知好消息，是不必讲究场合地点气氛的。

"别紧张。"张老师笑笑，明察秋毫，"我只是想同你谈点个人意见，不想让别人听到。"

我略略安了心，蜷在沙发里，像一只疲倦的猫。

"两所学校的处理都很严格，您能预料到以后的事情吗？"张老师的眼睛很亮。我想课堂上她提问学生，一定是这副炯炯有神的模样。

"我只顾高兴，以后的事，还没来得及想。"

在这双眼睛之下，你会立即把想到的话说出来。

"以后他们会再次殴打也也，而且手段更加凶残。"张老师很平和但字字清朗如铁。

"不！这不可能！"我出于本能叫了起来。

"这完全可能。"张老师冷漠地重复。我终于明白也也谈到她时为什么充满尊崇。

我的头像折断了的桅杆的帆，沉重地耷拉在胸前。

难道仇恨就这样冤冤不解，难道正义就这般软弱可欺？

"我再找学校！再找他们的家！"我激愤地站起来。

"您想一直负责这两个不良少年的教育吗？正确地讲，应该是三个。"张老师揶揄地说。

"不！不！"我沉重地跌下。

"那两个孩子没有救了。这么大一点年纪，为了一个萍水相逢的哥们儿，敢对素不相识的小朋友出此毒辣之手。策划周密，每日蹲坑埋伏，不辞劳苦半个月，毫无怨言，又立攻守同盟。真是上好的罪犯坏子！"张老师威严的目光中冒出火苗，几乎燃着华丽的白发。

"我不是疤孩子的班主任，我只是也也的班主任。我只能管也也。明天晚上或后天晚上……"张老师侃侃而谈，描述我们家将要发生的情况，好像她面前挂着一张我家未来24小时至48小时形势图。

"会这样吗？"我迟疑地问。

"会。"张老师一口咬定。

我听明白了。我只有一个也也，张老师教导过成百成千的学生。我不能不悉听教诲。

"但是，我不！"我无法接受张老师的好意，明知不该忤逆于她，但我更不能忤逆了自己做人的准则。

"随您吧！"张老师站起身，"同您进行这种谈话，对我来说也十分痛苦。我一直教给孩子善良，做一个正直的人，但为了也也，也是为您着想，我只能如此！"

我抱着头，无言以对。

"假如也也再不同维娅一道上学，他将更加安宁。"张老师又追加一句。

"可维娅是个很好的女孩！"我想起维娅美丽的母亲。

"大主意您自己拿吧。若是实在想不开，您可以哭，就像刚才在电话里那样。这房间隔音，吵不着别人。您走时，将门带上就是了。不多陪，我还有课。"

"可是，我怎么对也也解释这一切？"我扯着门框无力地问。

"如实讲，不要隐瞒。您就说，这世界上有一种两个男人因为一个女人的仇恨，十分凶残。"张老师面色严峻。

"可是他不会懂！"我几乎号叫。

"但他能记住！以后慢慢会懂。孩子付出了头破血流的代价，如果他连一条真实的教训都换不到，以后他将如何面对整个世界！告诉他真话！"这是张老师留给我的最后一句话。

六

我等着他们，像当年等着与也也爸爸的约会。第一个晚上他们没有来，我坐卧不宁。

终于，他们来了。当我打开房门的时候，两只眼皮都在跳动。

两个高高的男孩，一个脸上有疤。他们带着儿马般的气息，头发像钢针般地竖起。

"阿姨，我们向您和也也认错来了。"两个孩子齐声说，很和谐，仿佛练习过的二重唱。

"请进请进。"我机械地说，盯着疤孩子的脸，想把那蜈蚣样的疤扯下来丢到地上，看它痛苦地蠕动，然后一脚踩死那疤。

我给他们每人沏了一杯果珍。两个男孩明显地受宠若惊。热果珍，电视上说喝热果珍好。

"我们做得不对，今后再也不做了。请阿姨和也也原谅。"疤孩子很明显地用手抠了一下另一个男孩，两人又异口同声。

我很想把也也拉到他们面前，对他们说："你们残忍地打了他，他身心俱伤，你们必须向也也道歉，用你们的心！"但想起张老师的谆谆教诲，我把这不停翻滚的酸楚之情，强行覆盖下去。

"不要说那些了。谁还不犯错误？犯了错误改了就是好同志。"我干巴巴地说，也不知在这之前是否有人称过他们为同志。

疤孩子机警地捕捉到了我对他们的宽恕之意。他可怜地说："学校还要处分我们呢！"

我想说："处分你们，当然是应该的。这是为你们好，永远做一个正直的人。"但像是录音机播出了另一个声音："这样小小的过失，哪里谈得上处分！太小题大做了！"

"阿姨既然也这样看，就同我们学校讲一讲，不要处分我们好了。

本来么，不过是互相逗着玩，干吗结下这么深的梁子！"疤孩子换去了进屋时的谦恭，桀骜不驯地说。

我悚然一惊，张老师的确料事如神。脸上的笑容却做得比刚才更经心："好，我同你们学校讲一下，就说请求免予处分。只是，不知我讲话是否管用？"

"您是受害人家长，讲话当然管用。谁的话也没您的话好使，阿姨您可别小瞧了自己。"

你还知道我是受害人家长呢，那你还如此猖獗！在这一瞬，我几乎伸手要将自己的笑容撕碎，将那台无耻的录音机踩在脚下，我要告诉疤孩子，你必须触及灵魂地检查……张老师华丽若绸缎的灰发，在屋角闪着水洼一样的光。

"这个请你们放心好了。我一定对学校说不要处分你们。"

"还有拳击学校那边。叫您这么一闹，我们俩的名声大受影响，很可能出不了国。"疤孩子穷追不舍，将偌大的责任堆积到我头上。

我突然涌起无尽的悲哀。这样的孩子倘若真到了日本，不就是暴走族、新浪人吗？我身上的录音机说："这件事，我也尽力去办，去找拳击学校，就说我以前反映的问题基本上一场误会，希望让你们继续学拳击。"

"还有出国……"疤孩子不屈不挠地提醒。

"对，还有出国……"我毕竟是成人，要给自己留有充分的余地。我稍微严肃了一些，对疤孩子说："出国的事，原来的成功几率就很小。就是没有同也也的误会，也不一定就一准选上你们几位。所以，最后如果没有你们，也请不要以为是我的不尽心。"我要扑灭一切可能引致灾难的火星，永绝后患。

"这个我会知道的。你到底跟教练讲没讲，讲了我们多少好话，我都能知道，我有许多哥们，不是吹的。只要您把该讲的话都讲了，教练他还不要我，那是他的事，与您无干……"疤孩子豪爽地挥挥拳，表示好恶分明。

"阿姨，那事情就这么定了！"疤孩子干脆地说。

我无力地点点头，希望他们快走。

"叫也也出来，大家认识一下。"疤孩子饶有兴致地提议。

我不愿让也也见他，也也的眼睛还是少见丑恶为好。没想到也也对这次会面充满兴奋，不知躲在哪里暗加窥测，一听到邀请，忙不迭地从幕后跑到幕前像一只不听招呼的小鹿。

"你好！也也！"疤孩子神气地伸出手。

也也望我。我几乎令人无法察觉地点了一下头。除了点头，我有什么办法！也也便伸出他像树叶一样的小手，立即淹没在疤孩子粗大的手掌中。

"我们就算握手言和了。本来，我们还以为要给你跪下呢！"疤孩子同另一个孩子诡谲地眨眨眼睛，疤便像活了似的上下窜动。

"跪下？"不仅也也，我也惊骇住了。

"是啊，跪下。"疤孩子斩钉截铁地重复，"只要能免于受处分，我什么事都可以干。这没有什么，大丈夫能屈能伸嘛！"

"也也，从此后咱们就是哥们了。不打不相识！你妈这么重朋友，讲义气，你也一定错不了。咱们后会有期！"

疤孩子走了。茶几上留下两杯毫无热气的果珍。

"也也，我告诉你，永远永远不要同这个脸上有疤的孩子做朋友！"我声色俱厉。

也也点头。

我突然感到，自己在这世界上，深深地深深地对不起一个人——疤孩子的母亲。

七

又是该放学的时候，我不放心地到楼下张望，听见也也对维娅说："明天早上，我不再与你同行。"

"为什么？"美丽的女孩吃惊地问。

"因为世界上有一种仇恨，是……"也也跷起脚，对着维娅的耳朵说。

斜射的夕阳像金粉一般泼洒过来，将两个孩子镀得金光灿烂。

"谁说的？"女孩子的额头皱起人生最早的纹路。

"妈妈说的。"也也大声宣布。

黄米抱着双膝，看树的影子在地上爬。

今天下午教师突然宣布不上课了，让大家回去自习。妈妈是不知道这个临时变故的，这个下午就像一块从天而降的蛋糕，黄米可以独自慢慢咀嚼了。

对面是一家椭圆形的体育馆，上面挂着一个牌子，写着距某届运动会还有 500 天。

哇！500 天！这是一个多么大的数字！要是现在距离考中学还有 500 天，黄米就是小学五年级的学生，那该多轻松！而现在黄米他们班的黑板上用红粉笔写的数字是"20"！

明天，那个数字会像被削掉皮的苹果，缩去不大不小的一圈，变成"19"。苹果一天天地小下去，那个又酸又硬的核就暴露出来了。

黄米讨厌这种从发射火箭那儿学来的数倒秒的办法，它使人有一种要升上天的恐怖感。假如能平安飞向宇宙也好，要是像"挑战者"号似的凌空爆炸，考砸了可怎么办？

唔，不想它了！反正离考试只有这么短的时间了，补什么也来不及了，还是安安稳稳地坐在路边看风景吧！

风景突然变得很陌生。黄米都不知道今年夏天是怎么来到的。妈妈把裙子递给她的时候，她才知道春天已经过去。天天上学经过这条路，树叶好像一眨眼就从杏子大长到巴掌大了。当然是大人的巴掌，妈妈的巴掌。妈妈的巴掌很厉害，打人的时候专打穴位，又痛又麻。妈妈是医生，医生的孩子挨打的时候更悲惨。

黄米不想回家，妈妈今天正好在家。她会逼黄米不停地复习功课，好像黄米是只上满了弦的机器小熊。只要黄米稍一走神，妈妈就像千眼佛似的，背对着黄米也能发现，开始说："你要不用功，就考不上重点初中；考不上重点初中，就考不上重点高中；而考不上重点高中就上不了大学……"

这是套在黄米头上的紧箍咒，妈妈每天都要念叨。看着喋喋不休的妈妈，黄米觉得考试真是个坏东西，是它把可爱的妈妈变成了童话中的妖婆。

妈妈会突然闭嘴，好像被一个隐形侠客捂住了嘴巴："不说了不说了。说一千道一万还得你自己努力才行。不耽误你时间，快快复习！"说完威胁似的向黄米摇摇手掌。

要说妈妈是个纯粹的魔鬼，那当然也很冤枉。为了给黄米败火，妈妈买来温室培育的西瓜，把鲜红的瓜瓤用勺舀给黄米，自己只吃粉白的瓜皮。黄米说："我自己的瓜皮自己吃！"妈妈说："瓜皮营养比瓜瓤大，还是一味药呢。"黄米接着说："营养大才应该给我吃呢，保护儿童嘛！"妈妈就突然变了脸："叫你吃你就吃，怎么这么啰嗦，只要你能考上个好学校，妈妈吃糠都比蜜甜！"

黄米好沮丧，人家好心好意，妈妈却好赖不知！

看黄米不高兴了，妈妈又缓和下来："你知道，我小的时候，你姥姥就常说，家里祖祖辈辈没出过一个大学生，要让我争口气。用现在的时髦话说，就是实现零的突破。我学习还真不错，没想到赶上了'文化大革命'……"

黄米不再怨妈妈了，她觉得应该怨姥姥。自己像蜗牛似的背着担子，原来祖祖辈辈的人都把自己的希望塞在里面了。可她并不认识他们！

妈妈陷入了沉思。"文化大革命"，是他们那一代人的秘密。只要一提起它，妈妈就像含上一口很大的冰激凌球，不再说话。

黄米真希望妈妈继续谈下去，谈谈那场扑朔迷离的革命。黄米正在背《木兰辞》——"雄兔脚扑朔，雌兔眼迷离"，她知道这是一个形容古怪事物的词。"妈妈，您后来不是也当了医生，也算知识分子了吗？"黄米安慰妈妈。

"我是自学的，到底不一样。米米，你一定要争口气，以后考上一个正儿八经的大学！而要考上好大学，你必须得先考上……"

黄米这个悔呀！她本来想劝妈妈开心，没想到又被妈妈诱进了埋伏圈。妈妈就像高明的相声演员，不论你随口说出哪个词，她都能在五分钟不到的时间内，把它同考试搅到一起。

黄米觉得自己的脊梁被几代人的期望压得好疼，她孤零零地坐在盛夏六月的马路边，脑子里一片空白。她用手捂住眼睛，眼前是温热而朦胧的红色光幕，她愿这样一直坐下去……

突然，眼前暗了下来，仿佛一扇巨大的鹰翅遮住了太阳。

黄米睁开眼，看到一位老奶奶站在面前，正在用研究一株草属于什么科什么类属的那种目光端详她。

"你怎么不上学啊？"老奶奶问。

多么讨厌的老奶奶啊！为什么所有的成年人一见到孩子，就要同他们讨论学习？难道不可以谈谈玩具谈谈柳树，哪怕是问一句俗透了的"你吃了没有"也好呀！难道孩子们除了上学就没有什么别的任何事了吗？

"今天下午，我就是想上学也没有地方可上。"黄米气哼哼地说。虽说她马上想起对老年人该讲礼貌，可话已经像小鞭炮一样炸响在空气中了。

幸好老奶奶没生气："那你也该回家去。外面天气这么热，你容易中暑的。"

　　"谢谢您。"黄米不好意思了。为了掩饰自己的羞怯，她伸出自己细小的胳膊说："我这么瘦，怕冷不怕热。"

　　老奶奶眯着眼睛说："你真是太像你妈妈了！"

　　你说倒霉不倒霉！你在马路旁遇见一个面容慈祥的老奶奶，本想跟她无拘无束地聊几句天，可她偏巧认识你妈妈！

　　"你别怕，我不会把你在外面玩这件事告诉你妈妈的。"老奶奶一下子看穿了黄米的心思。

　　黄米从马路牙子上跳起来："那太好了！你嫌这热，前面街心花园有个清凉的石板凳，咱们到那去吧。"黄米觉得老奶奶挺可爱的，愿意同她说说除考试以外的任何事情。

"假如你说得慢一点，我就要提这个建议了，到底是小孩子嘴快。不过咱们是英雄所见略同。"

黄米很得意。能被一个大人称为英雄，虽说是跟一位白发苍苍的老奶奶并列这一称号，也挺荣耀。

一老一少两位女英雄坐在清凉的石板凳上，有一句没一句地聊着天。

"你们快考试了吧？"

"……"

黄米无声无息。老奶奶一侧头，见小姑娘的嘴巴嘟起来，仿佛被无形的黄蜂叮了一个包。

"我们不要提考试好不好？烦死了！"黄米说。

"好吧，我们不说考试。很多年前，我也老因考试而忙，很累人。"老奶奶说。

两人安安静静地坐着。阳光透过树叶间隙，间隙像剪刀，把阳光剪成一朵朵金色的小花，洒在她们身上。

"其实别的考试我都不怕，只怕作文。"

说是不谈考试了，但考试已经像一种毒液浸透黄米全身，就像醉鬼哈出气都是酒味，黄米自己先说起考试来了。

老奶奶笑了，她的牙齿整齐白亮，像扣子一样闪光。"作文有什么可怕的？怎么想的，怎么说的，就怎么写呗！"

"作文可不像你想的那么简单。要中心突出、主题鲜明、结构完整、语言流畅……对了，还不能有错别字。我妈给我找过一本作文评分标准，分了好多类好多等，复杂得像一本万年历！我想你肯定不懂作文，作文是比恐龙比外星人比'文化大革命'还要令人恐怖的东西！"黄米很权威地对老奶奶说。

"你懂得'文化大革命'吗？"老奶奶叹口气问。

"不懂。"黄米老老实实地承认。

"不懂就把它忘掉吧。我们还是来说作文。我想你妈妈应该能帮助你，她的作文挺好的。"老奶奶若有所思地说。

"她是帮助我了。可是，我告诉了你，你千万不要告诉别人。"黄米很郑重地看着老奶奶的眼睛。

"我活了这么大岁数，从来没有告过密。你放心说吧。"老奶奶也直视着黄米的眼睛说。神情严肃得好像她面对的不是一位小姑娘，而是年龄和她相仿的一位老爷爷。

"好，我告诉你！我妈一看我作文最多才得良，就说'你怎么这么笨呢！我小时候可棒着呢'！"

"你妈妈她多少有点吹牛。"老奶奶又露出她那扣子似的白牙齿。

"我与您英雄所见略同。"黄米很严肃地说，"我妈摩拳擦掌，决定代替我写一篇作文。草稿整整写了一个下午，晚上让我一笔一画地照抄，连个标点符号都不许改，说她都寓有深意，好像她是个大文豪似的……"

"后来呢？"老奶奶迫不及待地追问，像个小孩子似的，黄米觉得很开心。

"您猜。"黄米回想起那结果，忍不住提前笑了起来，金色的阳光注满她颊上的酒窝。

"叫老师发现了？"老奶奶忧心忡忡地问。

"没有。老师根本没发现。"

老奶奶轻轻吁了一口气："再后来呢？"

"再后来我就把作文本拿回来，很神气地往桌上一扔，说妈妈你自己看吧！我妈慌得手都没擦干，她当时正在洗衣服，甩甩泡沫就打开了本……"

"她得了一个大大的优。"老奶奶很肯定地说。

"她得了一个小小的中。"黄米幸灾乐祸地说。虽然这算不得一件喜事，但黄米记得自己当时像得到了一件出人意料的玩具一样快活。

老奶奶摇摇她绸缎一样美丽的白发："按说不至于这样的。也许教师发现了，没有确凿证据，又是初犯，不愿揭穿。也许是因为没有童趣童心，这是一去不复返的东西……"

黄米像小雀似的继续说："我妈从那以后就改变了计策，抱回一大摞作文选，让我一篇篇背下来，还教我灵活运用。比如这篇范文写一个小孩子干了一件好事，掐头去尾穿靴戴帽之后，这篇范文就可以应付一件小事、一件好事、一件难忘的事，我的同学、我的朋友、我所敬佩的人……一大串题目了……"

"你开始背了吗？"老奶奶急切地问。

"开始了。真没有意思呀！明明不是自己写的，偏要装成是自己写的，这不是骗人吗？"黄米愁眉苦脸又愤愤不平地说。

"你们还有多长时间考试？"老奶奶问。

"20 天。"黄米说完这个数字，禁不住轻轻打了一个寒战。

"如果我找一个教师，帮你补一下作文，你觉得怎么样？这个人当过许多年的小学教师，教过的学生能够坐满一座大礼堂，其中还有一位真正的作家呢！"老奶奶抚摸着黄米柔软的头发说。

这真是一个意外的转折。黄米说："我愿意。只是我的基础太差了，不知道教师愿不愿意收我？"

"让我先来看看你的作文。"

黄米把自己的作文簿递过去，老奶奶直着胳膊，把簿子举在离眼睛很远的地方，仔细地翻阅着。

"还好，你的基础不错，只是不得要领。教师愿意收你。"

"您还没问教师，怎么就知道呢？没准教师一见我，就不要我了。"黄米不放心地说。

"不会的。"老奶奶微笑了，又露出扣子似的白牙，"因为那个老师就是我。"老奶奶收起笑容，"时间很紧了，我们要马上开始。"

黄米眼见得身旁的老奶奶摇身一变成了自己的作文老师，觉得这是一件挺有趣的事。"好吧，那咱们就一言为定了！电影电视里一演到小孩子们商定的事，就拉钩。咱们不拉钩，可不许变卦！"

　　"老师说话从来是算数的。今天时间不早了，早点回家，省得你妈妈着急。明天下午我在这个石凳子上等你。好吗？"

　　"好！"说心里话，黄米对能否补上作文实在不敢抱太大希望，只是愿意每天在这个石凳上凉快一会儿。

　　"再见！"黄米向老奶奶招招手，蹦蹦跳跳地跑了，好像一颗饱满的黄豆。

　　"哎，小姑娘，你回来。"老奶奶突然大喊，声音嘹亮，只有当过老师的人才有这么威严的声音。

　　黄米弯回来："什么事，老奶奶？"

　　"第一，我还不知道你叫什么名字？"

　　"我叫黄米。就是很黄很黏能做炸糕的那种黄米。"

　　"黄米，这第二件事……"老奶奶突然吞吞吐吐起来，一缕白发从她的额前飘落下来，好像一束灰白的蛛丝。

　　机灵的黄米立刻猜到了这是怎么回事："您说的是钱吧？我知道请老师是要付钱的。如果你要的少，我可以把每天的冰棍钱省出来付给您。如果您要得多，我就只有跟我妈妈要了……"

　　"不！不！不是钱！"老奶奶的脸突然像小孩子似的红了起来。黄米有些惊奇，她从来没有见过老人还会红脸。老奶奶说："黄米，我要你保证，这件事千万不要告诉你妈妈！"

　　多么有意思的事！这位老奶奶同妈妈是什么关系？为什么要对妈妈保守秘密？黄米很想问问老奶奶，可老奶奶长着白亮牙齿的嘴巴紧紧抿着。

　　不管怎么说，黄米挺喜欢这个不知道谜底的谜语。让无所不知无所不在的妈妈，面对一个秘密吧！

黄米按照正常放学的钟点回到家，妈妈什么破绽也没有发现。吃了妈妈为她预备的营养丰富的晚餐，黄米开始做作业。那些重复过 120 遍的题，今天好像也变温柔了。拥有一个秘密真是一件惬意的事情，就像含着一枚橄榄，令人回味无穷。

第二天以后，一切都按照预先设计的那样发生着。黄米在学校时抓紧时间做作业，以便留出时间去听老奶奶讲课。放学的路上也不再东张西望，而是匆匆地赶到街心公园。老奶奶穿一套茄青色的绸子衣裤，坐在石凳上，端庄安详。老奶奶什么多余的话都不讲了，开始给黄米补习作文。

学习并不像黄米想象的那样充满幽默充满愉快，老奶奶有时候也很严格。黄米便开始了小小的反抗，她在路上故意磨磨蹭蹭，本来可以坐车的，她偏一边踢石子一边走，比通常时间晚了半小时。黄米想老奶奶一定走了，没想到老奶奶仍像石雕一样坐在那里。

"今天有个同学和我换做值日。"黄米撒了个谎。她不能把实话告诉老奶奶，那样老奶奶会伤心的。黄米一点儿也不为自己的谎话内疚，因为这样对老奶奶比较好，反正她以后再不会逃课了。

"那天我晚来了，您没想到我会不来了吗？"有一次，黄米终于忍不住问。

"想到了。但是我想你终究会来的。"老奶奶平静地说。

"您怎么知道的？"黄米很好奇。

"因为你妈妈就是个很好强很聪明的女孩，你很像她。好了，我们开始今天的课吧！"老奶奶捋捋头发，便有许多白发飘然而下。

考试前的日子，像烈日下的雪糕一样迅速融化，最后只剩下一根孤零零的木棍。明天就要考试了，第一门就是语文。

黄米觉得没着没落，好像自己的心被人偷着挖走了，在胸膛里留下了一个洞。

"今天，我们来上最后一课。"老奶奶微笑着说。

"嗯。"黄米简单地应了一声，今天她不爱说话。

"最后一课的内容是——聊天。"老奶奶说。

"噢！太好啦！"黄米欢呼起来。

老奶奶和黄米无拘无束地扯着闲话，直到暮色在某一刹那突然降临。

"你该回家了。"老奶奶先站起来，又捶了捶腰。

黄米恋恋不舍地也站起来。她觉得自己的胸膛已经被老奶奶用线补好了。

"以后，我还能见到您吗？"

"只要你愿意，我想是可以的。"

"我愿意！我愿意！"黄米迫不及待地说。

黄米想起那个埋藏已久的秘密，她问："您怎么知道我妈妈会不愿意呢？"

"因为我搬到这个居民小区后，在路上碰到过你妈妈。虽说二十多年没见过面，但我认出了她，她也认出了我。可是你妈妈她一转身就飞快地走了……"

"妈妈怎么会这样呢……"黄米喃喃地说。多么可亲的老奶奶，妈妈为什么和她有这么大的仇呢？

"许多年前，我做过你妈妈的语文老师。那时我脾气很暴躁，对你妈妈也很严厉。也许，她至今也不肯原谅我……"老奶奶陷入了深深的回忆。

"老奶奶，我妈妈心地还是很善良的，您不要生她的气。"黄米想，她一定要让妈妈与老奶奶和好。

作文考试时，黄米按照老奶奶传授给她的知识，有条不紊地写题、选材、组织结构……一切都很顺利。当她写完最后一个标点，检查了两遍，又更正了几个错别字后，交卷的铃声响了。

老奶奶曾经说过，时间掌握到这种火候，就是恰到好处。

黄米背着书包往外走，往日书包很重，里面塞满了参考书和作业簿。

今天书包很轻，只有一个铅笔盒，随着黄米跳跃的步伐，丁当作响，好像一面小鼓。

妈妈突然从冬青树丛里钻出来，递给黄米一块蛋糕："饿了吧？快吃点儿。"

"妈妈，我是刚考完试，又不是刚跑完马拉松。"黄米调皮地冲妈妈眨眨眼睛。话是这么说，黄米还是大口地吞着蛋糕，"妈妈……您怎么来的……这么是时候……"

"傻孩子，妈送你来后就根本没回去，一直等在外边……"

往日都是黄米独自乘公共汽车上学。今天早上妈妈非要同黄米一起走，说是万一路上车坏了，妈妈可以"打的"赶到学校，不会误了考试。把黄米送到学校，妈妈并没有说要等黄米考完一起回家，怕黄米分心。

多好的妈妈呀！黄米心中很感动。

妈妈刚想张口问什么，喉咙一动，又咽了回去，从侧面细细端详黄米。黄米知道妈妈是在察言观色，又不敢问。她不忍心让妈妈为难，就大声说："妈，您想说什么就说，干嘛鬼鬼祟祟像个小偷似的……"

从孩子这心高气盛的回答里头，妈妈有了底。"这么说，你考得不错了？"她充满希望地问。

"妈妈，我今天考得特别好……"黄米高兴地搂着妈妈说，"尤其是作文……"

妈妈慈爱地抚摸着黄米的耳朵说："你最近作文进步很大……"

"多亏了老奶奶帮我补课。"黄米突然非常想见到老奶奶，把这个好消息告诉她。

"哪来的老奶奶？你怎么从来没说起过？"妈妈的手正好捏住了黄米的耳垂，黄米感到了轻微的疼痛。

天下的妈妈都这么大惊小怪，天下的妈妈肚子里都有一本厚厚的十万个为什么，天下的妈妈都可以当大侦探福尔摩斯。

老奶奶曾说过要黄米不要对妈妈提起她，可这禁令到昨天已经解除，黄米便详详细细谈起老奶奶。

妈妈从来没有这样专注地听黄米讲过话，她的眉头微微皱起，显得很忧愁。

"噢，是她……是的，她是我小时候的老师……我曾经好几次看到过她……"妈妈沉吟着。

"那您为什么要躲着她？您不是一直教育我要尊重老师吗？"

"是的……她是一个很好的教师，这里面有一个很长的故事……"妈妈说。

"您讲嘛！讲嘛！"黄米站住不走了。很小的时候，当她一定要得到某种东西时，就原地站住，好像一根小铁钉立在那里。妈妈就强行抱起她往前走。现在，她已经长大了，妈妈是再也抱不动她了。

妈妈也站住了。"她什么也没有跟你说吗？"妈妈扶住了一棵柳树。

"说了。她说你小的时候，她对你过于严厉了。你也许到现在还记恨她，她希望你能原谅她。"黄米真心渴望妈妈能与老奶奶一同坐在青石凳上。

"就这些吗？"妈妈急切地问。

"就这些。"黄米又仔仔细细地检查了一遍自己的记忆，仿佛验算一道复杂的四则运算式题，直到确信无疑，才对妈妈说。

妈妈用手指敲着自己的太阳穴，当她准备讲一个很严肃的问题时，常常是这样。黄米竖起耳朵，预备听一个精彩的故事。妈妈突然问："那么，她的牙是怎么样的呢？"神情有些恍惚。

"牙？就是普通的牙呗！很白很亮。不过，当然是假的啦，她已经那么大岁数了……"黄米回想着，好像看到老奶奶露出像扣子一样整齐的牙齿，在向她微笑。

"孩子，我告诉你"，妈妈仿佛下了很大的决心，"二十多年前，我曾亲手打掉过她的牙齿。那时正是'文化大革命'，我同你现在一般大……"

猫头鹰行动

"妈妈，我想买块新的电子表。"李遥遥把牛仔书包甩上肩，窄窄的后背立刻被压得像拴了晾衣服绳的小树苗。他知道这个时候提出要求，妈妈最容易答应他。

大人们总以为自己挺神秘，挺深奥，其实满不是那么回事，每一个孩子都是小侦察兵。大人太骄傲，轻敌。骄兵必败，所有的书上都这么说。他们眼看着自己的孩子一天天长起来，光顾得高兴，就低估了对手。李遥遥今年14岁，上初中二年级，他认识自己的爸爸妈妈已经14年了。想想吧！14年——一个抗日战争再加上两个解放战争的时间，爸爸妈妈就是一道哥德巴赫猜想，也早叫李遥遥给解开了。

"又买电子表？你的电子表不是还好着吗？"妈妈嘴里塞着早点，说话像得了重伤风。早点早点，早上的点心。这对李遥遥来说是名副其实——麦胚面包片抹果酱，对妈妈来说，可就有点沽名钓誉了。请原谅用了一个不恭敬的词。所有的中学生都爱用贬义词造句。妈妈的早点是馒头片抹炸黄酱。

"表快了。"李遥遥说。他的脸上有些发红，可能是书包带勒住了他脖子上的血管。

"快多少？"妈妈走过来问。

"每天快1分钟。"李遥遥一甩头发。他很喜欢甩头发这个动作，觉得很有成年人的风度。可惜他的头发不够长，总被妈妈的推子理得短短的。只有在快理发的前几天，才可以稍微潇洒一下。

"快1分钟算什么呢！我的表每天快5分钟，还不是照样戴！快比慢好，所有的表都是最后不走了，才算彻底坏了。"妈妈抹抹嘴边的酱。

李遥遥的判断错了。买表的事就这样被家庭中的常任理事长行使了否决权。有什么办法呢？爸爸一年到头出差在外，家就成了母系社会。

李遥遥骑着自行车上学去。骑车的时候可以想很多事情。

妈妈的说法很没有道理。一个电子表好着为什么就不能换新的？华侨大厦也好着呢，还不是拆了之后又盖了一座更豪华更气派的大厦！家

里的家具也好着呢，妈妈不是也说要攒钱买一套组合柜！现在是信息社会，什么都讲究更新换代嘛！

一辆漂亮的紫色跑车，像鲨鱼一般敏捷地刮过李遥遥的前轮，险些将他别倒。

"你这个人怎么这么不讲道理！"李遥遥一惊，才从沉思中醒来。

"那我叫了你半天，你理也不理，这算不算不讲道理？"范熊圆滚滚的脸，撑在锃亮的车把上，一副要把车子压垮的架势。当然车子是压不倒的，这是名牌赛车，只有有个当个体户的爸爸才买得起。

"李遥遥，你怎么愁眉苦脸的？我要有你那么好的学习成绩，嘴角都咧到脑袋后面去集合了。"

"我妈不给我买新电子表。"

"我以为是什么大不了的事，原来是这种鸡毛蒜皮的小事。喏，给你。"范熊左手持把，右手唰地扯开阿迪达斯白色运动衣的拉链，一个井底捞月，把一枚黑丝绳系着的物体，晃到李遥遥眼前。

这是一块猫头鹰形状的 13 功能电子挂表，通体蓝色，像一块润滑的玉石雕刻而成。

"这个按钮管定时，这个管报时。你听……"范熊按了一处开关，把挂表举到遥遥耳边。可惜马路上太嘈杂，遥遥只勉强听到类似蛐蛐叫的声音。

"还有照明……"范熊把手掌圈成帐篷，仿佛在大风沙的天气里点燃一根火柴，"你看，多清楚！"

"快关上吧！费电。"遥遥说。他腕上的电子表也有照明功能，可他几乎从来不用。一粒纽扣电池挺贵的。

"喜欢吗？"范熊问。

"当然啦！"遥遥回答。

"那它就是你的啦！"范熊把蓝色猫头鹰形状的挂表塞到遥遥手里。

挂表像活鱼似的黏糊滑溜，那是范熊手心的汗。

"我不要。"李遥遥的手指猛地缩回，好像那是一块取自南极大陆的蓝色寒冰。

"那你妈不给你钱，咋办？你还是总指挥呢，谁没表也不能你没表哇！算我赞助这次'猫头鹰'行动还不行？"范熊那张像奶油面包一样松软的脸上，疏淡的眉毛皱了起来。

"我是总指挥，更得自己想办法了。"李遥遥毫无商榷余地地说。

"要不干脆跟我爸要点钱，我给所有参加行动的同学，每人赞助一份，你看怎么样？省得锣齐鼓不齐的，今天推明天，明天推后天！"范熊跃跃欲试，屁股把高级赛车压得吱嘎响。

"咱们这次行动完全是自愿参加，只要有决心，就应该能搞到工具。就像贺龙两把菜刀闹革命，想闹革命你就能搞到菜刀。都由你发枪发大炮，那还有什么自觉性！范熊，我告诉你，你要是再仗着你爹多有钱摆阔，我们这次行动就开除你！"李遥遥严肃地说，其派头绝不亚于一位真正的总指挥。

"得了得了，算我没说。你以为从我爹那儿骗钱就那么容易？我再不提赞助的事了，可你妈不给你钱怎么办？"

"是啊，我妈说我那表还好着呢……"总指挥像被人拔了气门芯，顿时委顿下来。

"我送您一句话：把什么东西搞好了不容易，把什么东西鼓捣坏了还不简单吗？总指挥，您这儿慢慢寻思，我去买瓶可乐喝……"范熊像团紫旋风似的滚向远方。

是啊！把东西搞坏很容易。

"妈妈，我的电子表坏了。"李遥遥吞吞吐吐地说。这一回，他的颈上没勒书包带，可脸还是红了。粗心的妈妈以为遥遥是损坏了东西心里愧疚。

"我看看。"妈妈把表拿过去，仔细地端详。

1

猫头鹰行动

李遥遥的心脏仿佛被炸成了许多碎片，分散在喉咙口、眼睛后、手指尖、太阳穴……这些碎片仍旧保持着心脏的功能，到处在跳动。

妈妈把电子表摇晃了几下，仿佛那是个油瓶子，能晃出最后一滴油似的……她是个车工，会按红红绿绿的按钮，但对精密电路可是一窍不通。

妈妈又把电子表狠甩了两下，电子表的显示屏上一无所有，仿佛一块荒凉的雪地。

"这表就是怪。你说机械表吧，甭管哪时哪会儿停的，表盘上终还指着一个时间。电子表就什么都没有了。"妈妈自言自语。

从这句话里，你就可以知道妈妈对电器是怎样一窍不通了。不用害怕，只要你自己坚持住，妈妈是什么破绽也看不出来的。李遥遥不停地给自己打气。

但要坚持住，很不容易。李遥遥从来没有欺骗过妈妈，这一次实在是没有办法。他要按照自己的意志去做成一件事。真开始做，才发现一个小孩要做成一件事，太难了。

任何一块表，都应该有一个最后停跳的时刻。妈妈这句话说得对。具体到李遥遥的这块电子表，这个准确的时间是上午 9 时 23 分。

第一节是生物课。张老师的眼镜有着致密的光圈，仿佛一棵古老树王的年轮。李遥遥觉得张老师的眼镜一定有放大功能，最后一排同学做小动作，张老师都能立刻发现。要不然就是她有特异功能。

"我教过的学生，能坐满人民大会堂。"张老师第一次上课时这样说。大家都不信，下了课，范熊拿出太阳能计算器："张老师头发都白了，最少也教了 30 年书了。"大家都点点头，表示同意这个判断。"教生物，副科，教的班多。就算教 4 个班吧，每班 50 人，四五二百，二百乘 30 年，一共 6000 学生……"范熊口中念念有词，伸出胖胖的舌头，"就算有点缺斤少两吧，也八九不离十，真是小一万了！"

后来大家才听说，张老师调过好几个学校，以前一次教过 12 个班的生物，所以她说自己的学生能坐满人民大会堂，还真不是吹牛。

张老师脸色苍白，"学生都是一拨一拨，一茬一茬的。我什么样调皮捣蛋的学生都不怕。"她胸有成竹地说，像一个经验丰富的老农。

下课铃响了。

"大肠极短，不储存粪便，没有膀胱，肾只有一个，右侧生殖器官退化，这是什么动物？"张老师问，她炯炯有神的目光扫过整个教室。

天热，教室开着门。微风像迟到的学生，蹑手蹑脚从张老师背后溜进教室。别的班都下课了，喧闹声像一条彩色的河流，冲刷着教室的堤岸。张老师走过去，砰地把门关上，因为用力过猛，声音闷响得如同摔碎一个空啤酒瓶。有尖细的女孩子唱歌声，从门缝像金属丝似的探进来。

大家执拗地沉默着，好像这大肠极短的生物，是比恐龙更早灭绝的化石，没有人知道它的底细。

和李遥遥同桌的朱丹在不停跺脚。女孩子急着上厕所的时候都这样。厕所很远，在大操场的那一头。

张老师的目光像渔网似的罩住大家，同学们顽强地缄默着，一股对峙的敌意像雨后的毒蘑菇悄悄萌出。

时间在寂静中一秒钟一秒钟爬行，张老师感觉到了这群少年沉默中的抗议，可是她不怕。她是为了大家好，多学一点知识。他们现在不懂，将来总会懂的！多少年来，她一贯如此。

"不回答出这个问题，你们休想下课！"张老师威严地说。

李遥遥举手。张老师很高兴，小家伙们，到底还是忍不住了。

"是鸽子。"李遥遥说。那神气不像是回答了一个问题，而是仿佛偷吃了一只鸽子。

"是。是鸽子，好了，下课吧！"张老师掸掸手上的粉笔灰，拉开了门。厕所里，大家挤成一团。朱丹的腰带很时髦，有美丽的璎珞和闪光的卡环。"哎呀呀，你们谁帮帮我，帮我解开，要不我该尿裤子啦……"她的尾音已拖出哭腔。

李遥遥和范熊直冲进开水房。喝热水等不及凉，两人对着水龙头灌凉水。水像一条冰带子，宽宽地捅进肠子，半截肚子凉得麻木。

"这玩意比可乐还好喝！"范熊抹抹嘴唇，水珠把他刚长出来的胡子，剪纸似的贴在脸上。

"你为什么要回答叶卡琳娜二世的问题？晾着她，叫她再拖堂！"范熊气哼哼的。

"别叫老师外号。"李遥遥说。

凡是外号，都比本名要短，为的是叫起来简明扼要。这个外号长达6个字，实在绕口。

"这是位严厉的女王，是尊称。你要是管我叫彼得大帝，我还真巴不得！"范熊得意地晃晃头，唇边的水滴便像删节号似的甩了出去。

上课铃响了，仿佛一场暴雨倾泻操场，学生们突然销声匿迹。然而刚出厕所的学生，就是有本·约翰逊的爆发速度再加上兴奋剂的作用，也无法准时坐进教室。

数学老师遗憾地摇摇头，谁接在张老师的课后头，都是这副情景：同学们萎靡不振地蜷在椅子上。

"猫头鹰行动要赶快实施。"范熊临进教室前一本正经丢过来一句话，严肃得像一名真正的参谋长。

"好！"李遥遥下了最后的决心。

数学老师领着大家在数学王国漫游，李遥遥不动声色地将左腕上的电子表取下。显示屏上标准的阿拉伯数字，跳跃着指示出时间，仿佛一个有生命的幽灵。他需要撬起后盖的工具，可惜铅笔盒里的家什都不适用。突然，他看到朱丹右手小指的指甲长而尖，像一把薄而锋利的小刀，用来启开表盖，真是再合适也不过了。

"朱丹，帮帮忙。"遥遥小声说。

朱丹好不容易才弄懂了李遥遥的意思："不行不行！我这小指甲是专门留着抠耳朵的。启你这个铁家伙，折断了，你赔呀？"

指甲涂着红色的凤仙花汁液，李遥遥可赔不起，只有等下课找范熊商量。他身上可是个万宝囊。

"为什么要把表盖取下来？"过了一会儿，朱丹忍不住好奇地问。

"取电池。"遥遥回答。

"取下来表不是就不走了？"朱丹惊奇。

"就是要让它不走。"李遥遥不耐烦了。女孩子就是这样，又小气又爱刨根问底。

"喏，给你。"朱丹从头发上拔下一根发卡，不锈钢的，亮闪闪的像把小匕首。女孩子都是谜，比老师正在演算的初中奥林匹克试题还难解开。

李遥遥接过发卡，啪的一声就把表盖撬开了，在圆规尖的帮助下，那枚纽扣电池像颗安静的图钉，乖乖地握在了李遥遥手心里。

李遥遥在这一瞬有些悲哀。完全正常的电子表被取走了心脏，骤然间停止了跳动，其后便是永远的黑暗。

"李遥遥，请你回答：有条大蛇有 1000 个头，神话中的大力士能一次用剑砍去 17、21 或 33 个头，但是大蛇又相应地生出 10、14 或 48 个头，问大力士能最终战胜大蛇吗？"

数学老师见李遥遥一直在做小动作加说话。本想当着大家的面批评他。念他一贯学习努力，便换了个方式，用一道难题提醒他。

朱丹想：糟了！李遥遥是一定答不出来了。

范熊想：1000 个头，这还叫蛇吗？纯粹一个妖怪！光凭大力士用剑砍哪还来得及，干脆给他一颗飞毛腿导弹！

李遥遥手心里捏着纽扣电池走到黑板前，很顺利地解出了这道题。

虽然这堂课没好好听讲，但他平日很用功。老师便没有再说什么。

李遥遥把沾满汗水的纽扣电池放进塑料铅笔盒里。

"没电了？"朱丹问。

"有。"李遥遥极简单地回答。

"那是为什么？"朱丹穷追不舍地问。

下课以后，李遥遥只好把事情的原委告诉她。

"我也参加猫头鹰行动。"朱丹坚决地说。

"你不害怕吗？"李遥遥不放心地问。

"别看不起女孩子！况且这是大家的事！"

"好！咱们一言为定！人越多越好！"李遥遥很有气魄地一挥手。

当妈妈终于给李遥遥买回蓝色猫头鹰形状的 13 功能挂表时，李遥遥心中充满歉疚之情。他想等他长大了，挣钱了，一定给妈妈买回一只报时准确带夜光的表，再不让妈妈戴 24 小时内误差达 5 分钟的表……

"准备好了吗？"李遥遥问他的同学——此刻是他的部下们。

"准备好了。"同学们齐声答道，显出从未有过的整肃与一种临战前的紧张。

"现在，让我们对一下表。"李遥遥沉着地说。所有的少年们都看过打仗的电影，所有的电影里的指挥官在开始战斗前都要说这句话。

这很正常，可没想到漏子就出在这里。所有的钟表指示的时间都不一样，多则一分，少则一秒。可差一秒也是差哇！

"我的表可是昨天新买的。"朱丹的脸红扑扑，好像凤仙花的汁液涂在脸上。

"新买的可并不一定最好。我这表还最贵呢！"范熊大大咧咧地嚷。

"别吵了！别吵了！我看以李遥遥的表为准。"有人提了一个聪明的建议。

"我们以标准北京时间为准。"还是李遥遥考虑问题周到。

大家找到校外公用电话，由朱丹跟管电话的老爷爷聊天，李遥遥拨了电话"117"，把听筒高高举起，于是所有在的同学都听到一位阿姨用极纯正的普通话报告说：下面音响，7点55分零秒……然后是极清脆的"嘟"音……

大家的表都按标准时间校正好，揿下了必要的按钮，此时离第一堂生物课只有3分钟了。"快跑！"不知谁喊了一声，大伙急忙往校内赶。老爷爷在后面喊："电话改程控了，问时间也得交钱……"李遥遥连忙站住掏兜，范熊一推他，"你快走！我来掩护！"说着把一张一元的纸币折成纸飞镖，嗖地朝电话机扎了过去。"小胖子，找你钱……"老爷

爷忙不迭地叫。

"不要喽……"范熊早已跑远。

这一堂课，教室里格外安静，同学们听讲格外认真。张老师很高兴，她那像冬天一样严峻的脸上也难得地出现了春光。李遥遥望着张老师额头比妈妈要深得多的皱纹，几乎怀疑自己的做法是否正确。

但愿张老师按时下课，那样一切都来得及补救，一切都不会发生。

张老师习惯性地看了一下表，马上就要到下课时间了。她的表很准，无论在什么地方，只要听到报时她都要对表。她还要问最后一个问题。别小看了这个问题，也许区里统考正好考到这个问题呢！

"口腔里长着许多细小的牙齿，但这些牙齿……"

铃——下课铃响了。

张老师习惯性地关上门。在越来越喧嚣的欢歌笑语声中，这间安静的教室像大洋中的孤岛。

"但这些牙齿不是为了咀嚼食物的。请问这是什么动物？"

教室里一片死寂。张老师双肘支在讲台上，整洁的衣袖便沾上了白色的粉笔灰，仿佛打下了两块白补丁。

她胸有成竹地等待着。她知道孩子们再犟，最后还是会回答她的问题。

李遥遥在心电祈求：张老师，您快点儿下课吧！快点！

张老师安详地看着大家。

突然，所有的孩子都挺直了腰板，仿佛他们在一瞬间猛地长高。从每个孩子胸前蕴藏着幼小心脏的地方，发出一道嘹亮的鸣响！

"嘀——嘀——嘀——"

孩子们胸前的挂表，在下课铃响过一分钟后，定时装置像被一道统一的符咒所唤醒，不屈不挠地歌唱起来。那声音单纯而悦耳，仿佛秋天夜晚收割过庄稼的旷野，无数只快活的蟋蟀在互相招呼，无忧无虑，无边无际。

张老师惊愕地半张着嘴，恍惚间她一时没有弄清楚发生了什么事。在她几十年的教学生涯中，还从未遇到过此等情景：在她教过的一万名学生中，还从未有过这样一茬……

她想训斥他们。但那些看不见的蟋蟀们锲而不舍地呼唤着属于他们的自由。张老师至今没有看清声音究竟是从哪里发出来的，只见几乎所有的学生脖子上都套着一根发亮的黑丝绳，绳的下端鼓鼓胀胀，仿佛那里拴着一只玉麒麟或挂着长命锁。

张老师的眼睛瞪得很大，因那厚厚镜片的放大功能而显得更大。她摘下了眼镜，不想看清孩子们脸上兴奋的神色。她忘了拍手上的粉笔灰，带上课本，走出教室。

"乌——拉"的拉字还没喊出口，张老师又转了回来。

"口腔里长着许多细小的牙齿，但这些牙齿不是为了咀嚼食物的。这种动物叫作——青蛙。

张老师真的走了。这一次她没有说"下课"。

"这个行动不好。"妈妈皱着眉头说。

"是不好。猫头鹰行动不如沙漠盾牌沙漠风暴的名字带劲。"李遥遥把事情的经过都对妈妈讲了，包括把电子手表的电池再安回去。至于猫头鹰挂表，暂且收起来，以后再戴吧！

"我不是说这个名字，我是说这种方式不好，可以用别的办法。"妈妈边思索边讲。

"意见不知提了多少次，一点效果也没有。她为什么不尊重我们呢？"李遥遥不平地说。

"后来呢？"妈妈担心地问。

"后来张老师再也不拖堂了，我们还是很尊重她的。"李遥遥认真地回答。

"我不单指这个。学校对你们怎么样呢？"妈妈的眉头依旧紧皱。

"学校好像不知道这件事。张老师没说，我们当然更不会说了。"李遥遥的眼睛透露出少年人的机智。

　　妈妈抚摸着李遥遥的头说："我告诉你一个秘密。"

　　大人的秘密！一定是很有意思的事。"快讲，快讲！"遥遥连声催促，要知道大人对小孩是很容易改变主意的。

　　"我告诉你，许多年前，张老师也教过我的生物课……"

教授的戒指

一

"屈侠，你的陶教授挺怪。明明有一位如花似玉的少夫人，为什么还要把戒指戴到中指上？"朱提说。

"戴中指上怎么啦？又不是往卖身契上按手印，还非得用二拇哥。你不是也戴在中指上了？街上偶然碰上，我敢说你连教授脸上的老人斑都没看清，就注意到了戒指，还有如花似玉……女人啊，真是女人！"屈侠装作感慨地说。恋人吵架斗嘴，是感情最好的黏合剂。

"喂，屈侠，你是真傻还是跟着教授做学问做傻的？戴在中指是待字闺中的表示，已婚的人是要戴在无名指上的，你知道不知道？亏我晓得你们教授的底细，要不然还以为他在施放求偶信息呢！"

"朱提，不许你信口开河。"屈侠正色道，"教授是医界圣手，是我非常尊崇的导师。你若成为我的妻子，就要恭恭敬敬地对待我的老师。就连他那位美丽的夫人，你也要尊称她为师娘。不可造次。"

"屈侠，现在是什么时辰？"朱提问。

"21 世纪的 ×× 年 5 月 10 日的下午 5 时 10 分。"

"噢。你还蛮清楚的。那为什么还要用一个世纪以前的老古董要求我？"朱提撇嘴。

"不是老古董，是国粹，古老传统美德。你知道陶教授那双手，挽救过多少人的生命！"

"我们不要每次约会都谈你的教授好不好？"朱提娇媚地说，"屈侠，说点富有诗意的话嘛！"

屈侠说："别急，我已经安排了跟你说诗意的话的时间，马上就轮到了。现在我要向你讨教一个学术上的问题，请帮忙。"

"讨教？不敢当。你是医学泰斗的博士生，我不过是个女职员。就像轻量级和重量级的拳击比赛，不可同日而语。"

"你听我说完。当然你对医学是一窍不通，可你在别的事上伶俐得很。比如女人的服装发型！是不是，我的小姑娘？"

"那倒是。可我想不通这能帮你什么忙。"

"你能帮我一个大忙。"屈侠两眼熠熠生光。

"什么忙？"朱提也来了兴趣。

"帮我做一次私人侦探。"

"什么？我？私人侦探？侦什么？是不是你以前的女朋友的近况？"朱提闪着一只双眼皮一只单眼皮的大眼睛，觉得这是今晚上最美妙的一道菜了。

"我只有你一个女朋友，朱提，我跟你说过了。不要把浪漫的情调带到严肃的学术问题里来。"

"好吧。说吧，侦探对象是谁？"朱提竭力把美丽的脸庞绷起来，这使她的眼睛显出天真的诡谲。

"教授。"屈侠简短地吐出这两个字。

"哪位教授？"朱提问。

"还有哪位教授？就是我的导师陶若怯教授。我对其他的教授都称呼姓，比如张教授李教授。唯有对我的导师，省略了姓，犹如我们称呼自己的爸爸妈妈不带姓一样。"屈侠很郑重地说。

"喔！屈侠！我更爱你了！"朱提说着，在屈侠的颊上吻了一下。

"我想你的正常反应不应该是这样的。"屈侠喟叹，"女人怎么从什么事上都可以飞快地联想到爱呢？"他用餐巾纸抹着腮帮子上的口红。

"侦察自己的老师，我当然大吃一惊了！这么惊险的主意谁能想得出来？只有你！我的屈侠。世界上的一切都和爱有关系。现在我们来谈正事。你每天跟他形影不离的，他的一举一动都在你的监视之下，我不是画蛇添足吗？"

"你可不是蛇足，是火眼金睛。我的设想是这样的……"

鸽血红的葡萄酒在空中碰响。

二

丹岚夫人端上陶若怯教授的早餐：夹黄油的窝头片，掺了奶粉的豆浆，还有几块没有辣椒的四川榨菜。没有辣椒当然不能算是四川榨菜了，只是不知道叫它什么名好，姑且称之。榨菜买来当然是有辣椒的，因教授体弱，辣椒易上火，就被丹岚夫人用纤纤素手洗去了。丹岚夫人看上去只有三十几岁，但照顾起教授来，周到得像个老妪。

教授的胸腔发出金属样的咳嗽。

"今天风这么大，你又咳得这么厉害，在家歇息一天吧。"丹岚夫人轻声劝说。

"不行，今天是我出门诊的日子，许多人是不远万里赶来就医的。在这个世界上，你可以骗任何人，但不能骗病人。"

"教授，这等于说您不会骗任何人。我们每个人在他一生的某个时刻都会生病，都是病人。"

"是的。但这并不包括你。"教授不耐烦地说。

丹岚夫人默默退去。教授只有对待病人的时候才和蔼可亲。

教授穿上雪白的工作服，因为他很瘦很高，下摆仅垂到膝盖上方。这使他显得有些滑稽。其实完全可以定做得长一些，但教授说："不必了，我的个子大约二十岁时就长成了这个样，那正是我开始行医的日子。没有人会为一个普通医生定做工作服。在以后半个多世纪的漫长岁月里，我已经习惯了它像一条超短裙。如果你们现在坚持要给我换一件长大褂，我会被它绊倒的。"

教授在走廊里被一位白发苍苍的老婆婆拦住了。

"先生，我要看看你的病……"老太太确实够糊涂的了，说话也颠三倒四的。教授有什么病需要她看。

"老婆婆，您要先去挂个号的。"紧跟着教授的屈侠说。

"号早就挂完了，小先生。老先生，我是大清早从老远的地方赶来的，我的儿子已经死了，要不然他会陪我半夜里就来的……"老婆婆的拐棍杆倒了一个痰盂，污水流到她的脚面上。

"屈侠，你去对挂号的人说，就说我是自愿地为这位老人加个号。要是那个呆板的机器人又说出我的身体之类的话，你就绕开它那些可恶的程序，把病人直接带到我的诊室。"教授边走边说，并不停留。

医院的走廊很空旷。一般的病人都是在家里用电脑直接从医疗中心取得诊断，然后机器人送药上门。只有那些险恶而又复杂的疑难病人，才会来面见医生。

屈侠把老妪安顿在候诊室，温和地说："老妈妈，看病是按先来后到的顺序的。只有请您多等一些时候了，很抱歉。"

老奶奶吧嗒着嘴，露出一口白牙说："能看上大夫就行。真没想到，医院这儿比商店还挤……"

屈侠摇着头说："您应该想到的。想不到您这么大年纪了，牙齿还这么好。"

老妪说："年轻人，这是假牙。如今什么都能以假乱真。"

"医道不能。"屈侠转身回到教授的诊室。他要寸步不离地守在教授身边，观察教授怎样诊病。

教授在世界医学界享有盛誉。无论多么扑朔迷离的怪病，只要教授的右手一摸，就能拿出诊断意见。俗话说：对症下药。知道了是什么病，就不愁治了。教授已近老年，技艺越发炉火纯青。他不保守，每年广招研究生，基础知识的考试极其严格。有幸成为教授弟子的青年人都欣喜若狂。可惜的是，这么多年，从教授身边就没有毕业一名学子。这不，跟屈侠一起入学的师兄师弟，全被教授淘汰了。屈侠如今可是三亩地里一头蒜——独苗一个了。

"尽管你懂得所有的中西医学理论，但你还远远不是一名好医生。"

教授曾说。

"是的。我知道医学是一门同人类历史一样古老的学问。它有时很严谨，已经解剖到细胞分子亚分子水平。有时候又很朦胧，大而化之地像一团迷雾。好的医生是风浪中的船长。"

屈侠说完后紧张得不行。因为教授平常所说的话，不知道哪句就是对你水平的测验。他要觉得你不配再当他的学生，就会客客气气地请你到他家去吃饭。

"我夫人做得一手好菜。"教授心平气和地说。饭后就将你逐出，并不说明原因。

"不怕天不怕地，就怕教授家的席。"这是师兄弟们的临别赠言。

教授没有请屈侠吃饭的意思，说："做一个好医生是很苦的。"

屈侠说："一个人的苦，可以换得许多人的欢乐，我想还是很值的。"

教授说："要有爱心。爱心和爱情是不同的。爱情只是对某一个特定的异性，爱心则要持久广阔得多。你还要研究许多领域，比如电子技术……医学是一个广泛交友的学科。"

看来教授在短时间内还没有把屈侠轰走的意思，可他也并不传授给弟子什么经验。只让你看，不给你讲。屈侠觉得自己就像旧时木匠铺里的小学徒，师傅让你打眼你就打眼，师傅让你接榫你就接榫。至于手艺，凭你自己摸索去吧！

一年就这样白白耗费了。屈侠一赌气差点想拂袖而去。可是教授的医术对他的诱惑实在是太大了。

每个病人都是一口紧闭的箱子。尽管电脑在屏幕上可以把人肢解为一堆散件，提供像行星运行轨道一样庞杂的数据，给你打出超级市场账单一般的诊断证明，它还是有百分之一的误差。这是一个可怕的比例。

每个生命都是一个单独的世界，是一个完整的百分之百。谁摊到了这个百分之一，就是万劫不复的灾难。全世界人口已经达到一百亿，百分之一就是一个亿！

况且你想啊，连电脑都被蒙住了的病，定是充满探索的奥秘。

卧薪尝胆也得留下来呀！

今天的第一个病人是用轮椅推进来的，枯瘦若木乃伊。屈侠几乎立即断定他是癌症晚期。

"先生的肚子里有一个不名肿物。条索状……不是炎症，不是肿瘤，不是害生虫，不是……"他的随行人员递过来的电脑资料长达一千页，像一部惊世骇俗的长篇小说。

所有的报告单都说不清他到底得了什么病，可连小孩子也能在肚皮上摸到那个像热狗样的赘物。

"先生什么饭也吃不下去……"随从毕恭毕敬地说。

病者是一个大人物。屈侠敏感地判断出来了。身份会使医生莫名其妙地紧张，在格外的谨慎中延宕了病情，使情况越发复杂。

教授伸出右手，就是中指戴有戒指的手。那真是一件古老又廉价的首饰，好像是镀金的，上镶一粒红玛瑙雕成的相思子。

也许有一个缠绵悱恻的爱情故事。屈侠想。

由于他这一走神，陶若怯教授已经完成了他的诊断过程，松开了病人芦管似的细胳膊。

"请准备一颗微型中子炸弹，爆破半径在 650 ～ 960 微米之间。"教授命令式地说。

"您要谋杀我吗？"病人虽然极端虚弱，还是不失威严地说。

"不，我要拯救你。"教授说。教授对病人从来不用"您"。面对高官重爵，显出居高临下的傲慢。

"用炸弹吗？"病人看了看随从，随从围拢来。他病入膏肓，仍有逼人的震慑力。

"是的，用炸弹。"教授明显地露出厌烦之色。他讨厌病人问长问短喋喋不休。

"我可以在您使用这种非常的治疗手段之前，知道我的腹腔里即将被你炸掉的这座建筑物是什么吗？"病人说。

"可以。不过我一般只同家属谈病情，怕病人的神经经受不起。"教授略踌躇了一下。

"先生一直亲自掌握他自己的病情，因为这对国家是很重要的，您尽可以直说。"随从小声说。

教授说："好的，那么我告诉你，它不是什么建筑物。如果你坚持使用这个比喻，那它就是……"教授斟酌了片刻，"一间厕所。"

"您这是什么意思？"骨瘦如柴的先生用最后的气力勃然大怒。

"我的意思再明白不过了，你的肚子里的那块货色，是粪便。"

啊！连屈侠都几乎惊叫出声。

先生的脸色像是听到了世界大战爆发的消息。"粪便？！"他惊愕地连连重复。

"您知道先生是谁吗，教授？"随从恶狠狠地问。

"我不需要知道他是谁。他是病人，这就足够了。"教授淡淡地说。

"不要吓着教授。把我当平常人来医病最好。到底是怎么回事，还请教授详细讲讲。"先生毕竟有些大将风度，又知道了肚里不是癌，心情就好起来。粪便就粪便吧。

"你小时候有一次空着肚子吃了不少黑枣，后来肚子就有些胀，过了一段时间就好了。黑枣与你的肠液结成了小小的结石，像一株有生命的植物，在漫长的年代里不动声色地长大。在大约 200 天前，你生了一场很大的气，好像是感情上的波折。气郁化痞，这个东西就骤然膨胀。由于你精神上的高度紧张，胃肠蠕动几乎完全终止。这块肿物就显出了恶性病变的症候……"教授的语调徐缓平和，像在念一册古旧的线装书。

先生未置可否，只是说："假如您能治好我的病，使我还能在这个位置上服务，我想提名您为国家安全部门的负责人。您好像有特异功能。"

教授说："我接受病人的唯一馈赠，是他们的健康。你可以到一旁治疗了。"

骷髅般的先生还想说些什么，教授说："下一个。"

一位非常妖娆的女士富有弹性地走进来。"您好！"她目空一切地打招呼。

今天怎么尽碰上稀奇古怪的病人？屈侠想。

"你怎么不舒服？"教授常规问。

那女士只是微笑，并不答话。

时间流逝。屈侠想女士可能耳背，大声重复了问话。女士矜持地说："那您看我哪儿不好呢？"

又碰上了这路病人。他们好像存心要和医生捉迷藏。顽固地信奉"病家不用开口，就知病情三分。说得对你吃我的药，说不对分文不取"原则，非得让医生先说。

这不是耽误工夫吗？屈侠暗暗叫苦，教授不愠不火，轻声说："伸手。男左女右。"

接下去的步骤屈侠不用看也知道。教授伸出中指戴戒指的右手给病人把脉。不知教授年轻时是跟哪位走江湖的郎中学的手艺，依屈侠看，教授把脉的姿势极不标准。位置略高，用力也不均衡。要是创立脉学的先哲看到了，鼻子非气歪不可。

但教授就是凭着这一摸，成为神医，你不服也得服。据说有人用全息摄像机把教授诊病的全过程拍了下来，回去用极慢的速度重放定格，也看不出丝毫名堂。

"你是一位舞蹈家。此病每月朔、望两日发病。"教授缓缓说。

"哎呀！您怎么知道的？我刚刚从国外回来，就是想逃开这可怕的魔鬼。时差搞得我都不知道是什么日子了，可它还是风雨无阻地来折磨我了。医生您可要救救我。再这样下去，我只有死了才能摆脱它……呜呜……"女舞蹈大师哭起来。

屈侠还是第一次听到这样的怪病，不由得竖起耳朵。

"我的身体里好像有一只铜壶滴漏，它精确地辖制着我的生命钟。每到发作的时候，我抽搐不止，全身痉挛得像一张铁弓。我恐惧极了！这么多年来，我从来没有看过医生。这病太古怪了，像一个谋杀案。没有人会相信我的，我不敢到医院，怕人家说我是妖女……"女舞蹈大师一反初来时的倨傲，悲悲切切说个不休。

"医生，您就是不能救我，也要告诉我到底是什么病把我害死的。要不我到了阴间也是个屈死鬼啊！"女舞蹈大师哭诉着，简直不给别人插话的机会。

教授平和地说："你不要这么紧张。你的病是在大脑里长了一窝虫子。"

"什么什么！您是否想给小报制造耸人听闻的花边新闻？"女舞蹈大师柳眉倒立。

"我和我的助手将终生为你保密。"教授设身处地地说。

屈侠用力点点头。

"我怎么从来就没听说过这种病？"女舞蹈大师半信半疑。

别说病人，就是医学院的高才生屈侠，也是头回见到。

"这是一种极为罕见的病症。在我做医生的漫长生涯里，你是第二例。"教授解释。

"那第一例呢？"女舞蹈大师忙不迭地问。

"很遗憾，他死了。"教授沉痛地说。

"我不信！"舞蹈大师歇斯底里地号叫起来，"我绝不会得这样可怕的绝症。你是江湖骗子，你胡说八道！虫子怎么会像天文学家一样知道月有阴晴圆缺？你看不出我是什么病，就故弄玄虚！"

屈侠想把这个疯狂的女士请到外面去吃点镇静剂。教授轻摆了一下手。

"你听我说。不要小看虫子。虫子也是一种生命。你早年吃过生肉，虫卵就是那时潜进了你的血液。它们在你的脑子里定居下来，生儿育女。它们的繁殖周期是以月相变化为规律。既然澎湃的潮汐都听从月亮的指挥，虫子当然也可以这样了。"教授耐心地解说。

"那我可怎么办？！"女舞蹈大师操拳就要砸自己的脑袋，屈侠刚要赶上前制止，女舞蹈大师又停了手，"不能打。要是万一打漏了，虫子跑了出来，我的头就成了马蜂窝⋯⋯呜呜⋯⋯"她孤苦无助地哭了。

"我可以把你的病治好。虫子外面包着一层膜，很薄，但已经足够了。我们可以用 β 射线刀将它完整地剔除。"教授很有把握地说。

"真的？"女舞蹈大师泪眼婆娑地问。

"是的。"教授说。

"您有绝对的把握？"女舞蹈大师咄咄逼人地追问。

"医学是没有绝对这个词的。我们将尽力而为。"教授坦诚相见。

"你们要把我的脑袋打开瓢？隔皮买瓜生熟还没个准呢，说我脑袋里有虫，你有什么证据？拿出来！"

虽说女舞蹈大师重病在身，屈侠也觉得她稍稍过分了一些。这又不是对簿公堂，还要什么证据，你来看病，说明你信这个医生，凡事信则灵不信就不灵嘛！陶教授就是靠圣手摸脉诊病，你还让他拿出什么证据！

没想到教授和颜悦色地说："你说得有道理。为了更保险起见，你到隔壁去做一下系统检查。"

"要抽很多血吗？我就是因为怕抽血，才不敢上医院的。人家都说您这儿不用抽血，我才来的。没想到又打发我去抽血。"女大师啰嗦不止。

"女士，您是否陷入了一个怪圈。您是仰慕教授的特殊方法，才到我们这里来的。教授为您详细地解说了病情，您却信不过。现在双管齐下，您又有怨言。"作为教授的学生和助手，屈侠忍不住插话。

教授严厉地示意他闭嘴："人命关天，慎重些好。"

"所有的检查只需一滴血就可以完成。"屈侠耐心地解释。

大师刚离去，诊室的门又被推开："小伙子，什么时候能轮到我？呵呵，我的腿都坐麻了。"拄拐棍的老奶奶又来了。

教授半仰着脸，雪白的头发遮没了他智慧的额头，已经睡着了。诊断是一桩非常耗费精气神的事情。

"教授累了，一会儿就轮到您了，请再耐心等等。"屈侠好言劝走她。

"人家说虫包没外膜，不能手术，可您说有。"女舞蹈大师回来了。

"人家是谁？"教授猛然惊醒。

"电脑。"女舞蹈大师说。

"请你记住，人脑永远比电脑强。赶快手术，现在是最好的时机。"教授谆谆告诫。

"可是您的第一个病人不是死了吗？我一想起来，好怕。脑袋被打开，那个重新缝起来的人还是我吗？"女舞蹈大师战战兢兢。

"是你。"教授和蔼地说，"而且比现在的你还要完美。"他沉吟着，思绪穿过遥远的时空。"是的，我的那一位病人死了，这是我终生的遗憾。在那以后的日子里，我无数次地检讨自身。我分析了失误，改进了仪器，不断磨砺感觉……"教授猛地打住话头，"你的手术会成功的。"

"谢谢！谢谢！"女舞蹈大师倒退着退出诊室，好像是盛大演出之后的谢幕。

病人像传送带似的进来，被教授的圣手抚摸之后，带着明晰的诊断离去。

"还有……几个……病人？"教授虚弱地说，伴随一阵金属调的咳嗽。

"一个……最后的一个，就是您让加号的那位老婆婆。要不然，我劝她回去，下回再来。您太疲倦了。"屈侠心疼地说。

"请老人家来，她来一趟不容易。我们悬壶济世之人，说话要算数的。"教授半阖着眼说。

"您进来吧。"屈侠对老婆婆说。

"我……害怕……"老婆婆反倒往后退。

"没什么可怕的。教授只是把脉,请尽量放松。"屈侠劝慰着老婆婆,搀她坐在教授对面。

只要一见到病人,教授就精神抖擞。

老婆婆主动伸出胳膊。

教授把自己的右手扣在老人的右手腕上,顷刻之间就放下了。

屈侠跟随教授这么长的时间,从未见过教授对病人如此草率。

"为什么?"教授说,语调里充满了好奇。

"你问我为什么来看你啊?我头痛、脚痛、肚子痛、喉咙痛、神经痛……全身上下没有不痛的地方哇!"老人家长吁短叹。

"你所说只有一条是准确的,那就是肚子痛。你正处在月经期。"教授严肃地说。

屈侠吓了一跳。老妪白发飘飘,起码也有八十岁了。

"你这个医生,怎么能瞎说呢!我这么大的岁数,重孙孙都有了,怎么还会来红!你呀你,人人都说你医术高,我看是鬼话连篇。我不要你给我看啦!"老婆婆说着,拐杖捣蒜似的捅着地板,气哼哼地走了。

三

"屈先生，我想请你到我家去做客。"陶若怯教授说。

屈侠的脸白了。

"你是不是哪儿不舒服？"教授关切地问。

"不不。没有。"屈侠镇静下来。反正已是那么一回事了，兵来将挡，水来土掩呗！

"带上你的女朋友。我夫人说她很漂亮，有一次我们在街上相遇过，可惜我老眼昏花的，不曾认清楚。你应该打个招呼的。"教授亲切地说。

"当时看您和夫人谈兴正浓，不好意思打搅。"屈侠说着，心里想：教授夫人的眼睛，快赶上望远镜了。

屈侠全文传达给朱提。朱提说："教授夫人真的说我很漂亮了？"

屈侠说："真是妇人之见。人家不过是一句客气话罢了，你就当真。这回咱俩一块去，就可以近距离观察教授一家了。教授是一个谜。"

朱提说："你看我穿什么颜色的衣服最好？"

"穿白色吧，教授最喜欢白色。"

朱提说："你那个教授，真像个得道的仙人。"

"他不是仙人。他也感冒，也咳嗽。上卫生间好像还有痔疮。有时候还很忧郁。当他不看病的时候，他是一个平平常常的老头，简直就是未老先衰。可他一站在病人面前，就像电焊似的冒出耀眼的火花。经他诊断的病例，有百分之百的准确率。百分之百啊，你知道这是什么含义吗？"屈侠激动了。

"知道。二年级的小学生都知道。不就是个个都说对了吗！"朱提说。

"那就是完完整整的生命。"屈侠神往地说。

"你以后会和教授一样造福于人类的。"朱提说。

"可是教授总是不把过程告诉我。我见到了结果，但我不明白它是如何来的。"屈侠苦恼地说，"你再谈谈那天的感受。"

"让我再好好想想……他按了我的脉，好像和通常的中医有些不同，中间他还调整了位置，好像是在特意寻找一处穴位……用他的戒指。"朱提回忆着。

"太好了！这是很有价值的资料。只是你后来为何狼狈逃窜？"

"我怕他认出我来。其实认出我来倒没什么，只是教授以后知道了他的得意弟子伙同外人，化装侦察他，教授也许会生你的气。我这样一跑了之，他也就算了。"

"你为我想得真周到。谢谢。"

"谢谢要拿出实际行动来。给我一个吻。"

四

教授的家十分简朴，家具是莹白的冰雪色。但丹岚夫人一出场，就充满富丽辉煌的感觉。她实在是太美丽了，虽说穿的是家常衣服，依旧明眸皓齿光彩照人。她所有的部位都像古希腊的女神一般完美无瑕，特别是眼睛，像黑潭里的寒星，顾盼生辉。当她凝视你的时候，好像有一束闪电传来，阅读你的心灵。

"非常欢迎你们！尝尝我做饭的手艺。我猜你们的教授一定为我吹嘘过了，其实不过是点家常菜。我到厨房去忙，你们坐。"丹岚夫人说着走了。

灿烂的大灯熄去了，只留下暗淡的红烛。这是一个极富诗意的谈话氛围。

"小姑娘，认识你我很高兴。"教授和朱提拉了一下手。这个接触略有些别扭，教授的中指扣住了朱提的手腕。近在咫尺的屈侠看清红相思子戒指贴在了朱提的"内关"穴上。

"我们其实早就认识了，那天在我的诊室里。你的化装技术很高明，连我这个老医生，最初都被你骗过了。你为什么要伪装成病人呢？那天你并没有回答我的问题就溜掉了。今天你是作为屈侠的女朋友——我学生未来的生活伴侣到我这儿来做客的，想必是不能再跑了的。那么你就必须回答我的问题了。为什么？"教授严峻地说。

屈侠暗自叫苦。这是一场鸿门宴，屈侠你怎么就没想到呢？那天教授已经捕捉到了朱提的生命信息，只是不知道她的确切身份，今天不是送货上门了吗？教授借握手巧妙地摸了一回脉，朱提就露了馅儿。

内关穴和戒指，是要害。

朱提尴尬得像只受惊的兔子，跑也不是，躲也不是。

屈侠挺身而出："教授，一切都是我的错。是我幕后策划，想探到您医术的秘密。"

教授说："偷艺好像是咱们中国的老传统了。我记得鲁班、孙悟空好像都是偷着学本领的。"脸上的表情高深莫测。

朱提抢着说："后来他们都被师傅发现了，给骂了一顿。可师傅最后到底是把手艺传给他们了。"

"你们俩可真是天造地设的一对人精。"教授的话里听不出褒贬之意。

朱提嘴甜甜地说："我们俩算什么呀。您和师母才是珠联璧合！"

教授莞尔一笑："我们是半路夫妻，与你们不能比的。"他向厨房叫道："丹岚，快来看看这对我早已同你说过的年轻人。"

屈侠悚然一惊：原来教授洞若观火！

丹岚夫人款款而出："急什么？我的原始菜系还没有烧好呢！"

"我很急。"教授说，"他们能打多少分？"

丹岚夫人灿若潭星的美目充满盈盈笑意："刚见头一眼的时候我就给他们打过分了。要是不好，我哪里放心你同他们俩说这许多话？"

"到底是多少分呢？"教授迫不及待地问。

丹岚夫人说："就在这儿讲吗？"

教授说："你说好了。我对他们俩还是有基本的判断。请你看，不过是为了更保险。"屈侠和朱提面面相觑。他们俩说的"他们俩"当然是指的他们俩了。可这些是什么意思？好像暗号。又不好插嘴，呆呆地看着老夫少妻打哑谜。

"八十分。"丹岚夫人说，"我的汤要溢出来了。"走了。

"真是一个好成绩。"教授高兴得直搓手，"太好了！"

屈侠和朱提呆若木鸡，教授也并不忙于解释。

"这是我特意复制出的原始菜系，你们尝尝味道好吗？来来，先品苔藓汤。"丹岚夫人端上热气腾腾的汤钵。

"这汤钵怎么是用石头抠成的？"朱提大吃一惊。

"你想想，原始人盛流质，除了用石头器皿，还能用什么？"教授兴致很好地解释。

大家呷了一口，果然鲜美无比。

"夫人，你这汤是怎么烧成的，教教我。回家先给妈妈烧，以后再烧给屈侠喝。"朱提天真地说。

丹岚夫人微笑着说："汤是不难烧的。只是这火却有些难取。"

朱提说："火有什么难的？煤气火，酒精火，汽油火……不是多得很？"

丹岚夫人说："这些火都是不行的。你想原始人从哪里能得到这些火？"

屈侠醒悟道："那这就必得是天火了。"

丹岚夫人说："是的。火种是我在大雷雨的天气，从原始森林里被闪电点燃的枯木上取来的。一直保存着。"

陶教授惊诧地说："我一点都不知道！这对你是非常危险的！"

丹岚夫人说："你不是推崇返璞归真吗？我愿意为你做这事。你又不是总有学生来做客。"

朱提说："想不到这汤还这么惊险传奇。屈侠，对不起，我可做不出来了，巧妇难为无火之汤。"

夫人微笑着说："小姑娘，你何时要做汤了，到我这儿来取火种就是了。只要我在，它就不会熄的。"

教授说："为了我们的相识，我指的是精神上的。我不能喝酒，就以这古朴的苔藓汤替代，让我们一饮而尽！"

后来又吃了炙烤的兽肉和清蒸的树叶野果，风味特佳。

五

当天夜里，屈侠被急遽的电话铃声惊醒。

"我是你的丹岚师母。陶教授请你立刻到我们家来！"声音非常急迫。

"陶教授，他……他怎么啦？"屈侠惊恐地问。刚从教授家离开不过几个小时，没有极异常的变化，生性沉稳的教授绝不会深更半夜地打搅别人。

"是的，他说他的情景不好。"丹岚夫人悲切地说。

"我马上就到。"屈侠撂下电话，风驰电掣地赶到教授家。

一进客厅，屈侠愣住了。

教授正悠然地坐在沙发上品茶。"你师母做的汤有点咸。"他说。

屈侠哭笑不得地点点头。他的气还没喘匀呢！

"半夜叫你来，真是很抱歉。但科学是一桩需要献身精神的事业，我只能如此。"

屈侠说："我选择了这个事业，无怨无悔。"

教授说："你的伴儿呢？"

"在她父母家。"

"叫她一起来吧。我要同你谈的事情很重要。"教授说。

朱提也睡眼惺忪地赶到了。

"特地叫你们来的原因，是我就要死了。"教授从容不迫地说。

"什么？！"屈侠和朱提差点从沙发跌落到地上。面前这位精神矍铄的老人，用谈论天气预报的口吻说到自己的死亡，神情静如止水。

"先生，这不可能！您虽然已鬓发苍苍，但按现代的年龄分野，只是中年人。您怎么就想到死！"屈侠慌忙拒绝先生的话。

"不是想到，是感到。"先生挥挥手，好像赶走一只嗡嗡叫的小蚊子，"我们谈正题。经过我长期的观察和你师母昨晚的当场测试，我决定收你为我的关门弟子，把我一生诊病的心得传授予你。寻觅半生，终于找到理想的传人，我心中快活无比。这件事本想从明天早上开始进行，没想到突然收到了来自体内的异常电波。死亡已经像一只野兽，出现在我的视野。我闻见它的气息了……"教授不得不停下来，浊重地喘着气。这番话耗竭了他的精力，他要积蓄一会儿心神才可继续说下去。

屈侠和朱提惊心动魄地听着。

"你们已经发现了教授戒指的秘密，那就是他半个世纪研究的心血结晶……"丹岚夫人说。

"好了。"教授虚弱地打断了夫人的话，"那些枝枝蔓蔓的事，等以后再说吧。反正你们有的是时间。"

"这枚戒指是一个极为精巧的人体生物电流传感器：人的所有感觉，说到底，都是一种电流。火焰灼伤我们的时候，实际上就是一种损伤电流，恐惧是一种电流，欣喜是另一种电流……"教授滔滔不绝地说。

"那么，我爱屈侠，也是一种特定的电流了？"朱提好奋地问。

屈侠狠狠地瞪了朱提一眼，这是什么时候，你说这些没油没盐的话！可惜朱提只顾半仰脸虔诚地看着教授，根本就没注意到屈侠的白眼。

"理论上是这样的。可以像光谱似的绘制出人类的思想情感频道，还可以加以精确的定量分析，包括变化轨迹。"教授侃侃而谈。

"啊呀！这太可怕了！"朱提惊呼，"我可不想让屈侠知道我在他以前还爱过别人……"

"是啊！"教授长叹一声，"居里夫人也没有想到她的发现会变成惨绝人寰的原子弹。这就是我为什么非常严格地选择传人的原因。并非我的保守，而是事关人类的精神自由，他必须忠诚正直，绝不将这项研究用于医学以外的领域。"教授冷峻地说。

"我发誓。"屈侠明亮的目光清泉般宁澈。

"我也发誓，和老公一道忠心耿耿。"朱提郑重其事地表态。

教授难得地开颜一笑："我信得过你们！"他接着说，"任何复杂的疾病，体内都会向大脑发出频频的报急电流。只是病人像一个初上战场的指挥官，无法破译这些宝贵的情报……"

"您的戒指就把这些电流传递出来，像接力火炬一样传给您，由您亲身感受病痛分析症状……"屈侠心领神会地说。

"对！对！"教授非常高兴，"你的悟性很好。每次我都在诊断的那一瞬间幻化为病人。这就是我要向你传授的诀窍。"

"我明白了为什么每次诊完病，您都筋疲力尽。因为您就是病人，设身处地感受了痛苦。"屈侠说。

"教授是用自己的痛苦换来了他人的生命。"丹岚夫人心疼地说。

"我没有那样伟大。不过是一个体验了无数病痛的多病之躯，是一个死了许多次的不死之人。经历的苦痛愈多，愈坚定我济世救人之心。"教授又停息下来，大口地喘气。

屋内是死一般的寂静，任何语言都已多余，只有钟表永不迟疑的响声。

"开始吧。我的生命已经进入了倒计时，不敢耽搁了。"教授说着褪下了镶有红色相思子的戒指。"孩子，你把它戴在中指。扣在我的内关穴上……"

屈侠顺从地伸过手去，戴上红色相思子戒指。教授手把手地指点他。

屈侠小心翼翼地扪着导师瘦骨嶙峋的胳膊，并没有丝毫异样的感觉。"喏，要这样调整位置，红宝石一定对准病人的穴位……"教授虚弱但是非常清晰地说。

蓦地，屈侠感到了锥心泣血般的痛楚，差点大声呻吟。剧烈的头痛像毒蛇缠绕着他的脑髓，无数尖锐的玻璃碴踩躏着他眼睛后方的筋脉，心脏像被章鱼残忍地捏紧又松开，血液沸腾地冒着泡……

看到他陡然变色的脸庞，一旁的丹岚夫人赶快扭转了红宝石的方向，痛苦就烟消云散了。

"第一次，他还不适应。"丹岚夫人轻声说。

好舒适好清凉的夜晚。屈侠重又感到自己年轻的躯体矫健而充满活力。健康，健康是多么珍贵美好的财富啊！

"刚才那是……"屈侠嗫嚅着。虽说从理论上他知道是怎么一回事了，但却无法相信。

"是的，那就是教授此时此刻的感觉，很惨烈的痛苦。"丹岚夫人代她的丈夫回答了。

屈侠愕然地盯着教授平静的眉宇，教授淡然地点了一下头："刚才我们像是一个连体人。这就是心脑血管病的感觉。至于具体的细微分类，你还要多历练，积累经验。"

屈侠还没有从片刻前的痛苦中缓过劲来，心有余悸地说："难道不能采取更科学的方法吗？比如测量仪……"

教授说："我毕生都在朝这个方向努力，只是尚未成功，就接到了死亡的请柬，这副担子就要交给你了。"

洪荒般的静谧。

"小伙子，你现在还可以后悔。这件事将腐蚀你一生的幸福。我的第一位夫人就是因为不能容忍这种她称为非人的生活，离我而去。我才……使丹岚在我的生活中出现了。这就是我一定要你们俩一齐来的原因。"教授的嘴角轻轻抽动。

屈侠知道教授是忍受着巨大的痛苦在说这些话。在导师为人类献身的一生面前，他责无旁贷义无反顾。

"我不悔。吾爱吾师，吾爱真理，吾爱人类。"屈侠眼里噙着泪水和火花。

"我爱屈侠。我爱屈侠所爱的一切。"朱提说。

"内关穴为人体内气的总关口……"教授开始传授。

六

　　教授让丹岚夫人马上到报馆发一个启事，说自即日起，圣手陶教授将敞开大门应诊，且皆为义诊，分文不取。吁请海内外疑难病症尽早前来就医。

　　"教授，您的身体哪里经得住这般劳顿？"屈侠知道教授是想在最后的时日里，多教他一些本领，忍不住劝道。

　　"不，不完全是为了你。只有当我面对病人的时候，我才感到自身生命的价值。我要用最后的精力，为他们再做一点事，也算是告别。"教授微笑着说。

　　"师母，您不要去发这个启事吧！"朱提偷偷对丹岚夫人说。

　　"他是劝不住的。"丹岚夫人美丽的眼睛充满哀愁，"小姑娘，我已经看出你的未婚夫是很像教授的，但愿你将来不要碰到这种时候。"

　　病人云集而来。其后的一个星期，屈侠饱经沧桑备受折磨。红宝石相思子戒指，忽而戴在教授手上，忽而戴在屈侠手上，像一支燃烧的火炬。屈侠刻骨铭心地记住了什么是癌症的剧痛，什么是炎症的灼热，什么是心脏的梗死，什么是气管的痉挛……经验在痛苦的地基上耸立起来。

　　屈侠依言办理。他已经很熟练地掌握了方法，调整好位置，红宝石相思子戒指把教授和他的弟子紧紧地粘在一起。

　　屈侠做好了领略极端痛苦的思想准备，走进了教授的弥留世界。

　　到处是皑皑的冰雪，砭入骨髓。高远的天空，有五色的祥云逶迤。金色的霞光从云隙中麦芒般地撒下，将峰峦剪出黛青的绿影。远处有辉煌的屋宇，缥缈的音乐像香花的气息弥漫而来。在莽莽苍苍的白雾之中，有一颗红色的玻珠跳荡起伏。一种像羽毛一样温暖而洁白的神韵，源源不断奔涌而出，涤荡寰宇……

　　这是什么？

在屈侠储存的成千上万份感觉档案里，没有这份独特的境界。

"教授！这到底是什么？是什么？"屈侠失声叫道。

没有人回答他了。只有教授的手紧握着他的手。

"教授去了。他让你最后感觉到一个智者的死亡。那不是痛苦，是一种超凡入圣的解脱。"丹岚夫人说。美丽的女人多半软弱，但此时的丹岚夫人，却异乎寻常地冷静与果敢。

只是她的胸腔里发出怪异的响声。

七

明天就要为教授下葬了。将有无数的人为这位普通医生哭泣。

遗体安卧灵堂。

在悲痛的日子里，丹岚夫人没有掉一滴眼泪。她除了安顿教授的丧事，就是向屈侠传授教授的经验心得。

"好了。你现在已经懂得的和我一样多了。教授告之于我的，我已全盘馈赠于你。我想，我们之间的友谊也就到此结束吧。"丹岚夫人端庄地说。她美丽的仪容并没有因为巨大的悲痛而憔悴，依旧光彩照人。

"师母！您为什么要这样说？我和朱提视您为亲人。"屈侠惊恐不安。

"夫人，我们是不是有什么做得不周到？"朱提问。

"不。我很喜欢你们。我给教授的许多学生的品行打过分，这是教授分派给我的任务，他要从中筛选出自己的传人。你们俩是得分最高的。我从看到你们的第一眼就喜欢你们，这也是缘分。但在这个世界上，我最喜欢的人是你们的先生。我之所以留到今天，是因为先生的事业还没有完成。现在，你们已独当一面，我就可以告辞了。"丹岚夫人宁静地说。

"夫人，您不能走！不能走！"屈侠和朱提一齐预感到要发生的事，一人拉住丹岚夫人的一只胳膊。他们想师母一定是在巨大的苦难中精神崩溃。

夫人轻轻地但是极有力地推开他俩，说："屈侠，你来探探我的内关穴。"

屈侠遵嘱扣住夫人的纤纤素手。他以为会触到悲痛欲绝、痴迷错乱的情感波，没想到是一下又一下极规律、极呆板的振动。又是一个他从未遇到的病例。

"您是……"他充满迷惘地说。他已经知道了那个答案，只是无法相信。

　　"是的。我是个机器人。教授将他的全部心血献给了事业，爱情背叛了他。极度绝望中，教授制造了我。因为每天看到的都是残缺的人体痛苦的面容，教授采用人类最优秀的黄金分割数据，浇铸了我美妙绝伦的躯体。教授只给我安了一套程序，就是探察世界上美好忠诚的心灵。现代人在勤奋进取的方面，得分都很高，但在忘我与献身上，往往是不及格的。无私地为人类奉献的精神，作为一种美德，已经像黄土一样流失。教授终于找到了你们，是他的福气。"

　　"夫人，您和我们在一道吧！您是永远年轻的！"屈侠和朱提异口同声。

　　"我是很想这样的。教授生前也是这样同我说的。但机器人也是人，机器人也有心。但我的主部件在教授逝去的那一瞬间已经轰毁，巨大的悲痛烧灼了我的电路。现在是备用系统在进行最后的工作。永别了，我的孩子们！你们不要总觉得我年轻，我的年纪其实同你们的祖母差不多大。记住，把我和你们的教授葬在一起。"美丽的丹岚夫人说完，走到教授的遗体旁，静静地合上了她亮若潭星的眸子。

　　一切都和那个喝苔藓汤的夜晚一样，只是没有了教授，没有了丹岚夫人。

　　火把熊熊地燃烧着，那是丹岚夫人取自雷电的天火。

　　朱提对屈侠说："请把你的红色相思子戒指褪下来。"

八

　　屈侠和朱提精心制作了两枚真正的红宝石相思子戒指，同教授赠予他们的那只一模一样。

　　他们把戒指端端正正地戴在教授和丹岚夫人的无名指上。与教授同行。

斜眼

没考上大学,我上了一所自费的医科学校。开学不久,我就厌倦了。我是因为喜欢白色才学医的,但医学知识十分枯燥。拿了父母的血汗钱来读书,心里总有沉重的负疚感,加上走读路途遥远,每天萎靡不振的。

"今天我们来讲眼睛……"新来的教授在讲台上说。

这很像是文学讲座的开头。但身穿雪白工作服的教授随之拿出一枚茶杯大的牛眼睛,解剖给我们看。郑重地说:"这是我托人一大早从南郊买到的。你们将来做医生,一要有人道之心,二不可纸上谈兵。"随手尽情展示那个血淋淋的球体,好像那是个成熟的红苹果。

给我们讲课的老师都是医院里著名的医生。俗话说,山不在高,有仙则灵。当教授演示到我跟前时,我故意眯起眼睛。我没法容忍心灵的窗口被糟蹋成这副模样。从栅栏似的睫毛缝里,我看到教授质地优良的西服袖口沾了一滴牛血,他的头发像南海观音的拂尘一般雪白。

下了课,我急急忙忙往家赶。换车的时候,我突然发现前面有一丛飘拂的白发。是眼科教授!我本该马上过去打招呼的,但我内心是个孤独羞涩的女孩。我想只上过一次课的教授不一定认识我,还是回避一点吧。

没想到教授乘车的路线和我一样。只是他家距离公共汽车站很远，恰要绕过我家住的机关大院。

教授离了讲台，就是一个平凡的老头。他疲惫地倚着座椅扶手，再没有课堂上的潇洒。我心想他干脆变得更老些，就会有人给他让座了。又恨自己不是膀大腰圆，没法给老师抢个座。

终于有一天，我在下车的时候对教授说："您从我们院子走吧，要近不少路呢。"

教授果然不认识我，说："喔，你是我的病人吗？"

我说："您刚给我们讲过课。"

教授歉意地笑笑："学生和病人太多了，记不清了。"

"那个院子有人看门。让随便走吗？倒真是节约不少时间呢。"教授看着大门，思忖着说。

"卖鸡蛋的，收缝纫机的小贩，都所向无敌。您跟着我走吧。我们院里还有一座绿色的花园。"我拉着教授。

"绿色对眼睛最好了。"教授说着跟我走进大院。

一个织毛衣的老女人在看守着大门。我和教授谈论着花和草经过她的身边。我突然像被黄蜂叮了一下——那个老女人也斜着眼在看我们。

她的丈夫早就去世了，每天斜着眼睛观察别人，就是她最大的乐趣。

从此，我和教授常常经过花园。

一天，妈妈对我说："听说你天天跟一个老头子成双成对地出入？"

我说："他是教授！出了我们大院的后门就是他的家。那是顺路。"

妈妈说："听说你们在花园谈到很晚？"

"我们看一会儿绿色。最多就是一场眼睛保健操的工夫……"我气愤地分辩，不是为了自己，而是为了教授。

妈妈叹了一口气说："妈妈相信你，可别人有闲话。"

我大叫："什么别人？！不就是那个斜眼的老女人吗？我但愿她的

眼睛瞎掉！"

不管怎么说，妈妈不让我再与教授同行。怎么对教授讲呢？我只好原原本本和盘托出。"那个老女人，眼斜心不正，简直是个克格勃！"我义愤填膺。

教授注视着我，遗憾地说："我怎么没有早注意到有这样一双眼睛？"他忧郁地不再说什么。

下课以后，我撒腿就跑，竭力避开教授。不巧，车很长时间才来一趟，像拦洪坝，把大家蓄到一处。走到大院门口，教授赶到我面前，说："我今天还要从这里走。"

知识分子的牛脾气犯了。可我有什么权力阻止教授的行动路线？"您要走就走吧。"我只有加快脚步，与教授分道扬镳。我已看见那个老女人缠着永远没有尽头的黑毛线球，阴险地注视着我们。

"我需要你同我一起走。"教授很恳切很坚决地说。作为学生，我没有理由拒绝。

我同教授走进大院。我感到不是有一双而是有几双眼睛也斜着我们。斜眼一定是种烈性传染病。

"你明确给我指一指具体是哪个人？"教授很执着地要求。

我吓了一跳，后悔不该把底兜给教授。现在教授要打抱不平。

"算了！算了！您老人家别生气，今后不理她就是了！"我忙着劝阻。

"这种事，怎么能随随便便就放过去了呢？"教授坚定不移。

我无计可施。我为什么要为了这个斜眼的女人，得罪了我的教授？况且我从心里讨嫌这种人。我伸长手指着说："就是那个缠黑线团的女人。"

教授点点白发苍苍的头颅，大踏步地走过去。"请问，是您经常看到我和我的学生经过这里吗？"教授很客气地发问，眼睛却激光般锐利地扫描着老女人的脸。

在老女人的生涯里，大概很少有人光明正大地来叫阵。她斜的眼光抖动着："其实我……我……也没说什么……"

教授又跨前一步，几乎凑近老女人的鼻梁。女人手中的毛线球滚落到地上。

文质彬彬的教授难道要武斗吗？我急得不知如何是好。这时听见教授一字一顿地说："你有病。"

在北京话里，有病是个专用语汇，特指有精神病。

"你才有病呢！"那老女人突然猖狂起来。饶舌人被抓住的伎俩就是先装死，后反扑。

"是啊，我是有病。心脏和关节都不好。"教授完全听不出人家的恶毒，温和地说，"不过我的病正在治疗，你有病自己却不知道。你的眼睛染有很严重的疾患，不抓紧治疗，不但斜视越来越严重，而且还会失明。"

"啊！"老女人哭丧着脸，有病的斜眼珠快掉到眼眶外面了。

"你可不能红嘴白牙地咒人哪！"老女人还半信半疑。

教授拿出烫金的证件，说："我每周一在眼科医院出专家门诊。你可以来找我，我再给你做详细的检查治疗。"

我比老女人更吃惊地望着教授。还是老女人见多识广，她忙不迭地对教授说："谢谢！谢谢！"

"谢我的学生吧，是她最先发现你的眼睛有病。她以后会成为一个好医生的。"教授平静地说，他的白发在微风中拂尘般飘荡。

从斜着的眼珠笔直地掉下一滴水。

暑假刚开始，我们家就风云突变。

期末考试以前，每顿饭菜里都有肉。晚饭时，爸爸还隔三差五地从油脂麻花的公文包里，拎出一个裹了好几层的塑料袋，说："快点吃，还热乎着哪。要不一会儿凉了，腥。"

不用看我就知道，那里面包着炸鱼。我妈也不知是从哪本科普读物上看到鱼是最补脑子的。这下我就算掉到海里了，天天吃鱼，一打嗝都是鱼肝油的味。我嘟囔着说："提醒你们注意啦，我是属羊的，不是属猫的。"

不过平心静气地说，炸鱼还是蛮好吃的，起码比现在餐桌上天天摆着的素菜，一点荤腥都不见要好得多啊。

"爸妈，也不能我一考完了试，你们的伙食标准就下降这么多，一下恢复到旧社会了。考前是开元盛世，考后就是安史之乱了。"我委婉地向他们提出抗议。

妈妈一边刷碗一边说："我听不懂你说的什么之乱，只知道街上的小白菜五毛钱一斤了。要是放在以前，最多值五分钱。不当家不知柴米贵。"

我说："那你们得创收啊。广开门路，改善人民生活。"

一直坐在旁边不吭声的爸爸，掸了掸烟灰说："金戈，你这个想法很好。反正你也放了假，这个假期就自己挣点钱。体验一下过日子的艰难，对你以后有好处。"

我最烦大人们一说什么事，就是对我们以后有好处，好像我们以后要上刀山下火海似的。但我对这个建议还是很有兴趣，自己挣点钱——这真是我以前从没有过的经历。细细想起来，我爸爸是个普通的工程师，妈妈是个工人。虽说家庭不富裕，但从小他们有好吃的尽着我吃，经常给我买新衣服新文具，我还从没感到过经济危机。

一想到自己要去挣钱，我突然有一种长大了的感觉。

第二天，爸爸妈妈上班以后，我就在家里四处搜寻，看有什么可卖的东西。我把自己用过的课本收拾成一堆，心想这是很可以卖出一些钱来的，往年都是妈妈做这件事，今年我自己动手丰衣足食了。

我用细塑料绳，把旧书捆好，一拎，嗨，还真不轻，看来能发个小财。刚想出门，九歌进来了。

你别看九歌这个名字充满了诗意，一见他这个人，你只能想起康师傅方便面商标上那个胖胖的大厨师。他爸爸是个大款，尽用外国奶粉喂养他，使他面如满月，像支雪糕。一见我整装待发的模样，他说："准备逃难？"

我说："去你的吧。我这是变废为宝。"说着，把我的致富计划对他宣布。

没想到九歌听后鄙夷地抽抽鼻子说："一堆烂纸，能卖几个钱？"

我狠狠地瞪他一眼说："你倒是钱多，可那也不是你自己的啊！"

九歌也意识到这话说得不妥，就打圆场说："算我没说。可是你这会儿就把书全卖了，这假期作业怎么做？虽说你学习好，也没练到过目不忘的分啊，到时候跟别人借书，谁借给你啊……"

我一下噎在那里。真是智者千虑也有一失，我怎么就没想到这书还有用处啊！为了掩饰自己的失算，我对九歌说："我就是试验试验你，看你肯不肯借书给我，看来你还是没经得住考验……"一副不胜悲痛的样子。

九歌走了。我又在屋里像日本鬼子扫荡似的翻起来。终于在床底下的纸箱中发现了 10 个可口可乐空罐，真是一个大矿藏。再接再厉，又从厨房的犄角旮旯里掏出了 6 个椰汁空罐。我提着满满当当的网兜往楼下走，空罐随着我的脚步碰撞出悦耳的声响，像支交响乐队。

看我走来，缩在树阴下乘凉的小贩立刻来了精神。

"卖废品啊？"他热情地打招呼。

"是。"我把网兜递给他。

小贩手脚很麻利，把空罐倒进他的麻袋，口中念念有词："一个可乐罐一毛，共 10 个。一个椰汁罐一分钱，共 6 分。一共是 1 块零 6 分钱，小兄弟你可拿好喽……"说着，把一堆破烂的纸币塞到我手里。我吓得缩回手，说："这么一大堆东西，才这么一点钱？"

小贩说："小兄弟，看来你是第一次卖废品，都是这个价。我是童叟无欺，不信你可以跟别人打听。我是出常摊的，每天都在这儿蹲着，绝不哄你。"

我说："可乐罐的价钱还凑合，可这椰汁罐也太便宜了，就算它比可乐罐小一点吧，也不该差了 10 倍的价钱。"

小贩不急不恼地说："小兄弟你有所不知，这可乐罐是铝合金的，椰汁罐是铁皮的，所以价钱差老鼻子了。"

我说："1 分钱一个罐，还不够我跑腿的钱呢。我不卖了。"

小贩依旧笑眯眯地说："你要不卖，就再原封不动地提溜回去。可你留在家里又有什么用呢？"

我说："把它们排成一队，用筷子敲了听响。"

晚上爸妈回家，我赶快把 1 块钱双手奉上。爸爸说："嘿，还真看不出，我儿子能自食其力了。"

妈妈说："老实说吧，你把家里什么东西给卖了？"

我嘻嘻一笑说："妈妈您猜得可真准。您怎么知道我是卖了东西换的钱呢？"

妈妈叹了一口气说："你除了卖自己家的东西，哪还有挣钱的本事！"

我只好低下头说："您料事如神。"

爸爸说："你快交代拿什么换的钱吧。"

我说："不过就是几个破易拉罐。"

爸爸立刻变了脸，趴下身子就往床底下看，我说："别找了，爸。早就到小贩的麻袋里了。"

爸爸说："那是我打算做一个简易天线的材料，攒了好长时间，才凑够了数。正打算这个星期天付诸实施呢，没想到你这个败家子居然给卖了……"

我说："也没都卖，还剩了 6 个。"说着把椰汁罐拿了出来。爸爸脸色先是转晴，定睛一看又阴了下来，说："这是铁的，不行。"

妈妈在一旁唠叨起来："都是你，让他自己挣钱。他有那个本事吗？一不能偷，二不能抢，除了卖自家的东西，就剩下卖血了。我说你这个当爹的，少出这种馊点子好不好？"

爸爸苦笑着说："易拉罐的事，我再去想办法。跟招待所的大师傅说说，他们那里老有大款大吃大喝的，凑几个罐不是什么难事。关于挣钱的事，就让金戈自己定吧。"

我对他们说："你们等着瞧吧，我一定不靠卖东西，挣点干净的钱给你们看看。"

第二天晚上，待妈妈收拾好饭桌，我咳嗽了一声，爸爸还没觉出什么，妈妈先说了话："我看你今天有什么高兴的事。"

我说："你们——看！"说着，把一张 10 元的票子放在桌上。

我以为他们一定会高兴，没想到妈妈的眼睛瞪得快掉出眼眶："我的小祖宗，你的这钱是哪儿来的？"

我大大咧咧地说："勤劳致富，守法经营。您就放心好了！"

爸爸一脸严肃地说："你不说清楚了，我们还真放不了心。"那架势简直像是审问。

我只好如实交代："从九歌手里挣的。"

妈妈大吃一惊说："你跟他要的啊？咱可是人穷志不短，你不能小小年纪就学会了手心向上。没出息。"

我气愤地大叫："你们为什么总把小孩想得那么坏？告诉你，这是我用劳动换来的。"

事情是这样的。

上午我正在家里冥思苦想赚钱之道的时候，九歌像个幽灵似的蹑手蹑脚进来。

他说："还想着发财的事呢？"

我说："是。正策划把你们家抢了呢。"

九歌说："要抢我爹的钱，还真不容易。他的钱都存在进口的保险柜里，听说得用好几吨 TNT 才能把柜门炸开。你不要以身试法。"

我说："九歌，哪儿凉快你到哪儿待着去，没看见我心烦着呢！"

九歌说："我也心烦着呢。可我这心烦要是跟你的心烦换一换，咱们俩就都不烦了。

我说："你讲话怎么跟绕口令似的？我记得你期末考试是数学不及格啊，怎么现如今话也说不利索了？"

九歌说："咱们简短说吧。我这个暑假就得全力以赴地补数学了。别看我爹自个儿没什么学问，要是我补考再不及格，他非得把我的皮扒了当鼓面。偏巧老师又布置了好几篇作文，你说我的头发也不是孙悟空的毫毛，揪一根就可以变出几个九歌。所以我得集中优势兵力打歼灭战，主要突击数学……"

他说到这里我插嘴道："所以你想让我帮你代写作文？"

九歌搓搓胖手说："不好意思啦，正是这个意思。"

我说："我不干。这不是弄虚作假吗？"

九歌说："这叫助人为乐。再说我也不是白使唤人啊，付酬。每篇10块钱，你要是嫌钱少，咱们还可以讨价还价。"

爸爸听完我的话说："这钱虽说是你劳动所得，但不光明正大。"

妈妈说："嗨！管它那么多！反正也不是金戈求的他，金戈多写一篇作文，自己练了手艺，还得了零花钱，有什么不好？作家写作还付稿酬呢。"

爸爸说："真是妇人之见。这不是耽误了人家的孩子了吗！"

后来的结局真是悲惨极了，爸爸不但把我挣的钱退了回去，还找九歌的老爹告了一状，让九歌的屁股牢牢地记住了这件事。

我在街上闲逛，爸爸妈妈已不再提让我挣钱的事。他们已经忘了，但我没有忘。我一定要用这件事证明我是一个真正的渐渐长大的男孩。

我看到两个小姑娘在炸油饼。不是北京人常吃的那种像烂渔网似的中央划了三道的饼，而是大得像顶草帽。她俩一个人擀，一个人炸，配合得十分默契。饼里有葱花的香味，很多人排着队买，生意很红火。我呆呆地看着她们，问："你们需不需要人帮忙？"

其中高个的女孩用浓重的外地口音说："要喽。你没看到我们多忙，过些日子她还要回家耍，就剩我一个人跑单帮，哪里忙得过来！"

我说："那我来给你们帮忙吧，我只要很少的工钱。"

高个女孩说："就你这个样子，还能炸油饼啊？不要让油把你炸焦了。你莫要拿我们开心啊，有心帮忙就买一个我们的油饼吃好了。"

无论我再说什么好话，她们就是不相信。

有什么办法？我只好踢着石子往前走。

看到一些年轻人在搬水泥预制板。他们吆喝地喊着号子，像个巨大的蜈蚣，在滚热的马路上缓缓蠕动。

趁他们休息的时候，我走过去说："这工地上有没有轻一点的活，我愿意来工作。"

工人们蹲坐在地上，沉默地看着我，好像没有听懂我的话。

我又重复了一遍。一个老工人抹着满脸的汗水对我说："这里没有轻的活，你的身子骨还没长结实，是干不了这里的活的。你为什么小小年纪就要出来挣钱呢？回家去吧，要是跟家里闹了脾气，认个错就是了。别那么犟。"

老人家真是个好人，可我的心事他怎么能猜个透！

我漫无目的地走着，心想要不就捡一个钱包好了，这也算我挣来的钱啊。又一想，不对啊，捡的钱包是要上交的。我暗笑自己，真是让钱迷了心窍了。

你还别说，我就这么两眼盯着地走，还真就捡到了钱。不过就是少了点，只是五分钱的一个钢 。

要是我小时候，就会把这钱交到警察叔叔手里。可我都这么大了，再说现在谁还把五分钱当成钱啊。于是我只好把它留在口袋里了，过了一会儿，就把它加入到我自己的钱里，买了一根冰棍。

买冰棍的时候我灵机一动，心想这也是一条光明正大挣钱的路子啊。仔细一琢磨，不成，现在卖冰棍也不是那么容易了。过去推个自制的画着白熊的小推车就行，如今都是标有"和路雪"或是"新大陆"的冰柜，由初级阶段发展成豪华型的了。我到哪儿去武装这么先进的设备啊。

我漫无目的地在街上走啊走。原来觉得城市很大很大，挣钱的门路很多很多。轮到自己亲自实践，才知道谋生是这么不容易。

"嘿，小伙子，你溜达什么呢？从早上我就看到你围在这儿转，现在都下午了，你还不回家。是不是有什么掰不开的事啊？"一个搭着凉篷卖书报的老爷爷对我说。他一定是把我当成不良少年了。

他的花白的眉毛很使人信任，我就把自己挣不到钱的苦恼跟他说了。

"喔，是这样。"他若有所思。

"我有一个主意，不知你愿意不愿意干。"他沉吟了一会儿说。

我说："您快说。"

他说："你会唱聂耳的那支卖报歌吗"

我说："不就是啦啦啦啦啦啦，我是卖报的小行家……"

他说："对喽。如果你愿意卖报，我可以替你把晚报批发来。每一张你可以得到5分钱。积少成多，这就是你的劳动所得了啊。"

我说："好啊好啊。我以后就当一个卖报的小行家。"

老爷爷说："那好吧。你先交我定钱吧。"

我一愣说："什么叫定钱啊？"

老爷爷说："你要多少晚报，我得前一天到邮局登记。订多少第二天就取多少，不兴翻悔。订报的时候就得交钱，这就是定钱。一份晚报两毛五，你要多少份，钱自己算。"

我想了想说："我要100份吧。"

老爷爷咕噜一句："心还挺贪。好吧，给我25块钱，明天下午3点到我这里拿报纸。不过可有一条，你不许在我这周围卖报！"

我说："为什么呢，老爷爷？"

老爷爷生起气来："你这个孩子看起来挺机灵的，怎么连这点道理都不懂？我这么大年纪了，腿脚也不利落，没法挪窝。我也卖晚报，你要是在我这近旁卖，我的报纸不就卖不出去了？你跑远点，那边大桥底下，是个好地方。骑车的人到了那儿都习惯捏闸，你就挑那邪乎的消息多吆它两嗓子，不愁没人下车买报。"

我看着爷爷花白的眉毛，觉得他又精明又可亲。

我从压岁钱里取出 25 块钱交给了老爷爷。那天晚上我拼命压抑着自己想说真话的愿望，竭力装作若无其事。我打算给爸妈一个意外的惊喜。

第二天下午，阴云密布。我给家里留了一个纸条，说我到九歌家去了，要他们别等我，夹着雨衣就跑出了门。

今天不会再捡到钱包了。我的眼睛再不会朝地下看，而是一直看着前方。

没想到老爷爷迟疑着不把报纸给我，"孩子，今天天气不好……"

"天气不好和报纸有什么关系呢？"我大不解。

"傻小子，天气不好，买零售报纸的人就少多了。我们是应该看了天气预报才下定金的，昨天我一看大太阳那么好，就把这事给疏忽了。你说订 100 份，我也没拦着你。我看你今天是卖不出那么多份了。这样吧，我只给你 50 份，剩下的由我来卖……"老爷爷长长的眉毛随着他的话，微微颤抖。

我的心一下子热辣辣的。一把抢过报纸，说："老爷爷，您就放心吧，我一定会把报纸都卖出去的。"

天空已经有大而稀疏的雨滴砸下来，把包在最外面的报纸洇出一个个深褐色的椭圆。我赶忙用雨衣裹住晚报，抱着它往桥底下跑，好像它是我的小弟弟。

立交桥底下真是个好地方，风吹不着，雨打不着。骑车的人们一到桥下，不由自主地放慢了速度，是个兜售报纸的好地方。

"嘿，小孩，来张晚报。"一位戴眼镜的叔叔招呼我。

我赶紧给他拿了一张报纸，他递给我一张一块钱的票子。

"哎呀，我找不开。叔叔，你有没有零钱？"我把自己的钱包翻得像被抢劫过，还是凑不够零钱。

"这个票子不算很大啊，你为什么不预备零钱呢？"叔叔叹息着。

突然我心生一计，对他说："要不您买两份报纸吧，这样我就找得

开了。"

叔叔笑了，说："这上面又没有我的文章，我要那么多相同的报纸干什么用呢？"随手放下了报纸，说："那我只好到前面的报摊去买报了。"

我看着戴眼镜叔叔远去的身影，才知道我把事情想得太简单了。

其实我家的储钱罐，肚子都快给胀破了。来不及后悔，又有新的顾客。幸好这一位备有零钱，我的被动局面渐渐改观。下班的人流涌了过来，有几次我居然被包围了。

"嗨，小孩，你倒是快点找钱啊，我都等了半天了！"

"你也不能光给那半边的人卖啊，我比他先来的，可你看，他买了报，骑出去都快有 1 里地了，我这儿还等着你拿报呢。怎么也得有个先来后到啊……"

"这张报纸都淋湿了，你得给我换一换。"

"你这钱找错了，还得给我一毛钱呢……"

我忙得一塌糊涂，但总算把大约一半的报纸卖出去了。我抹了一下额头的汗水，看了一眼四周。

不知何时，夜幕已经悄然降临，密密的雨帘已经变成青黑色，均匀细密地抖动着，撞击到水泥路面，反弹起灰白的雾烟。

一辆铁灰色的奔驰疾驶而过，溅起的水花打湿了我的裤脚。

雨很大，立交桥地势低洼，水浪滔滔地汇集而来，我的四周几乎成了一个小湖泊。下班族的季节似乎已经过去，汹涌的自行车大军消失了，只有三三两两的散兵急匆匆地往家赶。

他们一定是赶回家吃饭去的。我这样想着，肚子就咕咕地叫起来，好像里面潜伏着一群蛐蛐。

回家去吗？

不能！我不能回家。这不但是钱的事（我到现在连本钱还没有赚回来呢），还有我立下的誓言。

但是再在桥下等，希望渺茫。天越来越黑，买报的人越来越少。我要到一个资源更丰富的地方去。

到哪里去呢？

我思索了一下——到火车站去！那里什么时候都是人声鼎沸灯火辉煌的，想着就令人温暖。

我于是把剩下的报纸夹在腋窝下，穿上雨衣。塑料雨衣包裹着我，雨滴打在头顶上，好像在敲一只洋铁盆。

换了两次车，到了火车站。我这才想起，火车站的大门是要凭当日车票才能入内的。正不知如何是好，突然发现因为雨太大，把门的人也躲到一边去了，让我顺利地混了进去。

大厅里好暖和呀！混合着烟气的空气虽然有些污浊，但仍给人一种亲切的感觉。

"卖报啦！卖报啦！"我鼓足劲喊了起来。

还真有几个人放下沉甸甸的行李卷，说："买张报。留着在车上慢慢看，也好解个闷儿。"

我已经发现，卖东西这个事，只要有一个人买，就会有人好奇地围上来。难怪那些不法商贩要雇"托儿"呢，就是能使买卖兴盛。

我忙着收钱，递报。心里喜滋滋的，照这个速度卖下去，用不了多久，我就可以得胜归朝了。

"我说，谁让你在这里卖报的！"忽然一个炸雷似的声音在我的耳边响起。

我抬头一看，是一个满脸络腮胡子的汉子。

我说："我让我在这里卖报。"

他嘿嘿一笑，露出一口森然的白牙说："你一说话，就知道你是个雏儿，不懂得规矩。这地方是谁想来卖报就能来卖的吗？这是风水宝地。你拜了码头了吗？"

我说："这里是火车站，怎么会有码头？只有港口才会有码头啊。"

络腮胡子说："你小子是真不懂还是装糊涂啊？"

我望着他说："是真不懂。麻烦您告诉我，我不就懂了吗？"

他说："别的我也不跟你多说了，快走吧。记住，每个卖报的人都有他自己的势力范围，走晚了就会有人对你不客气了。"

我不很明白这究竟是怎么回事，反正这里是不能卖下去了，只好恋恋不舍地离开了火车站。

浸满雨水的房屋，好像比白天胀大了许多，在五颜六色的霓虹灯照耀下，仿佛魔鬼的宫殿。我剩余的报纸，还有 30 多份，但夜晚已经使吃饱的人们都躲在温暖的家里看电视了，还有多少人会等着买我的报纸呢？

只有天知道！

但是我必须把剩下的报纸卖出去。要不然我不但没有挣到一分钱，连老本部搭进去了。

这是一个真正的男子汉的耻辱。

再到哪里去卖报？

那个地方应该又温暖又明亮，人们才有兴致买报……哪里是又温暖又明亮的地方？

只有自己的家！

我狠狠地掐了自己一把。事情还没有做完，不许想到家！

对了，地铁就是温暖而明亮的地方。

我飞快地钻入地铁。它是明亮的，但有一种迟钝闷热的感觉。

已经过了上下班的高峰时期，车厢里显得空空荡荡，有的人眯着眼，有的干脆就昏然入睡，身子随着车厢的摆动微微摇晃。

我走到一位女士跟前，轻声对她说："今天的晚报，您要吗？"

她睡眼蒙眬地看了我一眼说："你这小孩，不好好上学，就出来挣钱。我们给希望工程捐的钱怎么也不管事啊？"

我说："现在已经放暑假了。"

她说："噢，是勤工俭学。"

我说："您到底，买不买报啊？"

她说："我们家报纸多着呢，我不买。"

我毫不气馁地说："晚报上有最新发布的今夏今秋的服装流行色，是沙漠系列和……我不说了，您自己看吧。"我把一张报纸塞到她手上。

她一边说着："报上登的这东西尽是瞎说，根本就不准。"一边很利索地掏钱买了报。

我的自信心大受鼓舞。

我走到一个小伙子跟前说："波黑的局势又吃紧了，新死了两个记者。"

他什么话也没说，立即掏出钱包。

我走到一个老人身旁，挺神秘地对他说："报上登着活 120 岁的人的秘诀。"

老人接过我的报纸说："小家伙，活那么长有什么好的？地铁是不许卖报的。你千万小心，别叫人逮着！"

我感激地冲他一眨眼睛。后面的卖报过程就使我有了一种做贼般的感觉。每到一站，我就把没卖完的报纸卷在雨衣里，夹在腋下（因为我没带什么包装），装作正经地下了车，但是并不出站。等下一列地铁开过来的时候，再蹿上新的一节车厢，兜售报纸。

随着时间的推移，买报的人越来越少了。人们不客气地拒绝我，甚至连看都不看我一眼，好像我是在对着一堵墙壁说话。

到了最后 20 份报纸的时候，我简直就要绝望了。

我连续蹿了几趟列车，没一个人买我的报纸。有个阿姨对我说："我是上夜班去。在家里就看过晚报了。这么晚了，没有人再会买报纸了，报纸也像蔬菜，要越新鲜越好。孩子，你快回家去吧。"

不。我不能回家。要是这些晚报卖不出去，就等于一分钱也没有挣。

辛辛苦苦这么长的时间，实际效果就是一个圆圆的零。

但是，人们越来越冷漠了。没有人买我的报纸，由于我反复地在站台上出现，地铁的工作人员已经警惕地用眼睛的余光瞟着我了。

我疲惫地靠着地铁站的大理石柱子，一股滑腻腻的凉感，沿着我的脊梁骨往上爬。

金戈，你一定要再坚持一下。我狠狠地对自己说。

走过来一个年轻的女孩，对我说："你是在卖晚报吗？"

我很奇怪，我并没有把报纸露在外面，只是在这个站台休息，预备一会儿再开始旅行售报的。她莫非有 X 光眼，能透过厚厚的雨衣，看到里面的东西？顾不得想那么多，我不能放跑了送到手的主顾。

我忙不迭地说："是啊，是啊。"

她说："你还有多少张报？"

我说："多着哪。你问这个干什么？"

她说："这是今天晚上最晚的晚报了。我都买了。"

我压抑着狂喜问："你买这么多的报纸干什么用呢？"

她莞尔一笑说："这上面有我的文章，所以我要多买些啊。"

没想到萦绕我这么长时间的难题，这么容易地就解决了。再说，我看她的年纪比我大不了多少，居然就在报纸上发表文章了，不由得顿生钦佩之意。我一边收她的钱，和她交接报纸，一边真心实意地说："你真不简单。能告诉我哪篇文章是你写的吗？"

在一个下午搭一个晚上的卖报过程中，我对报上的每一篇文章，都像自己写的卷子一般熟悉。

这本来是一个正常而充满善意的问题，没想到女孩突然变了脸，说："你这个人怎么这么爱刨根问底呢？"

她自言自语着："他们说得真对。"摇晃着马尾巴辫，不耐烦地走了，留给我一个背影。

也许怪我太多嘴多舌了。不管怎么说，我用自己的力量把整整100张报纸都卖出去了，在这样恶劣的天气里，首战告捷，真是一个小小的奋迹呢！

我这才想起爸妈。他们在家里一定等着焦急了。我以前虽也到同学家里玩过，但从没有拖到这么晚的时间。

我急忙向地铁站口跑去。

我看到那个女孩正把厚厚一沓刚从我这里买到的报纸和找回的零钱，交给一对中年夫妇。

女人感激地对女孩说："谢谢你。剩下的这点钱，你就留下吧。素不相识的，帮了我们的忙……"双手推让着。

女孩的头左右晃动着说："一桩小事，不客气。"把钱送回，然后撑开樱桃颜色的花伞，走出地铁站。

那个男人把所有的报纸捅进果皮箱。果皮箱的口子很小，他就用指甲把报纸折得很整齐，好像它们是一块块钢板。

当他们把一切都做妥帖了以后，才发现我站在他们面前。

他们是我的爸爸妈妈。

我说："你们怎么知道我在这里？"

妈妈说："九歌的父亲下班的时候，坐在车里看到你在桥洞下卖报。九歌到家里来找你，没想到你还没有回来。我们是随便到外面逛逛的……"

我垂头丧气地说："爸爸妈妈，假如不算你们的钱，今天我还是一分钱也没有挣到。"

爸爸抚摸着我的头说："金戈，为什么不算我们呢？我们是你最后的顾客啊。"

雪花糯米粥

　　小蓉说："我都要累零散了……"话还没完，就睡着了。没想到，眨眼工夫她一翻身，浑身的肌肉和关节就真的脱开了，好像有人把洋娃娃的缝线扯断了那样。

　　小蓉的鼻子嘴巴胳膊腿的摊了一床，只有心脏和大脑还在正常工作，所以小蓉自己一点也不觉得痛苦，正在做一个飞翔的梦。但是眼睛耳朵什么的就惨了，像一堆旧零件。而且长久下去也不是个办法啊，天一亮，小蓉就会发现她成了植物人，躺在床上什么也干不成了。

　　"咱们想个法子把小蓉粘起来吧。"见多识广的眼睛说，它看过的书最多了，遇事比较有主意。

　　一个声音搭了腔："那当然好了。我赞成赶快把小蓉修好。"原来是趴在一旁的左耳朵在说话，它长得很漂亮，尤其是下垂的耳朵根那儿比较软，这也是有福的象征呢。

　　"但是到哪里去粘呢？修车铺早就关了门。"鼻子瓮声瓮气地插话。

　　大家吃了一惊，远处的脚站起来问："为什么要到修车铺去呢？"这也是大家莫名其妙的问题。

　　鼻子耸了耸说："只有修车铺才有胶水啊，破了的自行车带都在那里粘得结结实实。要不我们到哪里找胶水，把自己重新固定在小蓉身上？"

大家觉得这个鼻子看起来窝窝囊囊，思维还挺敏捷。心想这也许和它经历比较多有关。当人们夸奖一个人的时候，就说他的见闻广，"闻"不就是鼻子的功能吗？

"哼！百闻不如一见。"眼睛不服气地想。

大家虽然觉得用粘自行车带的胶水，把自己重新固定在小蓉身上，是一件很不雅观的事情，但一时半会儿也想不出更好的办法。手扳着一个个指头说："离天亮的时间只有 6 个小时，我们要赶快找到把小蓉粘起来的胶水。马上行动吧！"

红嘴唇说："小孩的睡眠不是要保持 8 个小时以上吗？我记得小蓉刚刚睡着，怎么就过了 2 个小时了？手啊，你腕子上的表是不是不准？"

手摆一摆说："你一天吃完了饭就不管别的事，小蓉每天的睡眠根本就不足 8 小时，她要干的事太多了。好了，我们先不说这个问题了，找胶水的事大。"

"可是，除了车铺，哪里还有胶水啊？"鼻子发了愁，鼻梁上方出现了两行小小的皱纹。

眼睛不慌不忙地反问："除了修车铺，就再没地方有胶水了吗？修车铺的胶水又是从哪里来的？大家要动脑筋想一想，不要只知其一不知其二。"

大脑躺在枕头上说："先到日用杂品店去找胶水，车铺的胶水就是从那里买到的。我只能给你们这一个答案，剩下的难题就要你们自己解决了。我和心脏留在家里等你们胜利归来。"

心脏使劲地跳了两下，表示自己的心情和大脑是一样的。

于是寻找胶水的队伍就要出发了。

计有：

眼睛 1 只。（两只眼睛争执了一会儿，它们都抢着去，但总要留下一只看家啊。大脑最后决定右眼睛去，因为人们在瞄准的时候，总是眯起左眼，瞪大右眼。这说明右眼的精神更集中一些。）

左耳1只。（人们在倾听远方声音的时候，总是爱把手拢在左耳壳上，说明左耳更细心。）

鼻子1个。它的身体不大好，有些伤风。但它很勇敢地表示只要多戴上几条手绢，就没有什么困难能吓倒它。

右手1只。理由就不必说了。

左脚1只。右脚虽说在理论比左脚更强壮有力，但大脑认为左脚也很棒，比如人在跳远的一刹那，腾起的是右脚，但力量是来自左脚对地面的最后一蹬。参加艰苦的工作，甘当无名英雄也是很重要的。

还有噘起来的红嘴唇也跟着去。本来大家说它就不必去了，但红嘴唇为了争口气，证明自己除了会吃饭以外还有别的用处，一定要去，大家就带上它了。

一行队伍刚出了房门，突然从后面赶上来一个黑黑的影子，大叫着："等一等我……"

大家觉得它很陌生，软囊囊的像个布袋子，就问："你是谁啊？"

"我是你们的邻居啊。"袋子说。

"可是我们都不认识你啊。"大家一齐说。

"我是小蓉的胃。刚才红嘴唇一动，把我也给吵醒了。我也要为把小蓉粘起来尽一份心。"胃很诚恳地说。

眼睛眯成一条缝说："你这么软塌塌的，能做什么呢？要是得了胃炎，我们到哪里给你找药去？"

胃说："我随身带着很多袋子，可以装东西。还带着钱包、胃药。我不会拖累你们的。"

大家就都为胃说好话，眼睛眨了眨说："那就一块走吧。"

深夜的街道上没有什么行人，清冷的夜风吹过来，红嘴唇冻得发白，大家关切地问它冷不冷，它哆嗦着说："不冷。"左腿看到了，就招呼大家都坐到它的背上。一条腿在街上坚定地走着，不久就到了一家商店。

商店里亮着微弱的灯光，守夜的老爷爷正在抽烟。手指开始敲门，老爷爷说："谁啊？要买什么东西明天来吧。夜里是不卖东西的。"

红嘴唇就说："老爷爷，您开开门吧。我们要买一点胶水，这关系到救一个人的命呢！"

老爷爷听声音是个小姑娘，就开了门，嘟囔着说："真新鲜，我在日用杂品商店看了一辈子的大门，从来不知道这里卖的东西还同救命有关。"

左脚带着大家走进去，说明是要那种粘胶皮带的胶水。老爷爷把胶水给了它们，鼻子不放心地问："老爷爷，这胶水的质量有保证吗？"

老爷爷说："这种胶水粘的东西结实极了。以前作过一个试验，用胶水把一枚金币贴到墙上，然后让大家随便用手去抠。谁要是把金币取下来了，金币就归他了。可是直到今天，也没人有幸得到这枚金币。"

大家就高兴地欢呼起来，说："小蓉有救了。"胃撑开随身带的口袋，预备把胶水带回家。

老爷爷看着大家快乐的样子，说："我刚开始还以为你们说的救人的话，是骗我这个老头子。没想到真的和人有关系。到底是怎么一回事呢？讲给我老头子听听。"

大家就七嘴八舌地把小蓉的事告诉老爷爷。老爷爷听完后，白白的眉毛皱起来，说："这种胶水好是好，粘人是不行的。人是肉长的，车带是橡胶的，不是一码事。"

大家急了，说："那可怎么办？"

老爷爷想了半天说："我活了这么大的岁数，也没遇到过这种难题。我想，你们到中药店去看看，那是给人治病的地方，办法会多一些。"

大家谢过了老爷爷，又走在空荡荡的马路上。为了赶时间，左腿背着大家，干脆跑了起来，鞋底把路面敲得咚咚直响。

好在中药店不远，一会儿就到了。手指就开始敲门，敲得关节都变白了，店里还是一点声响也没有。右手想还是用的劲太小了，就攥成拳头，预备砸一通。左耳朵急忙拦住它，说："让我仔细听一听，到底有没有人？"

左耳朵趴在门板上，像个侦察兵似的，听了又听。大家屏住气，不敢发出丝毫声响。过了一会儿，左耳朵失望地说："右手，你不必白费劲了，里面一个人也没有。"

大家在黑暗中你看着我，我看着你，时间在一分一秒地过去。它们的事连一点进展也没有，甚至比刚出家门的时候还坏。那时还怀有希望，以为只要找到了胶水就有了办法，现在连自己要找的是什么东西都不清楚了。

眼珠朝四周转了一圈，有了主意。它说："门是叫不开了，我看到那边有一个排水沟，我们分头钻进去。"

大家一听，都说这是一个好办法。平时大家都待在小蓉身上，以为自己和小蓉的身体一样大。其实现在大家都分散成一部分，眼睛鼻子嘴唇很容易就通过了排水沟，手的麻烦稍微大一些，握成小拳头也捅进去了。就属腿最粗了，只好留在外面。大家原以为胃也挤不过去的，没想到看起来庞大的胃，把自己缩成一条，好像空气球皮的样子，居然比鼻子还顺利地钻进中药房。

一进到装满药柜的库房，鼻子就狠狠地抽动起来。红嘴唇说："你是不是要打喷嚏？给你手绢。"

鼻子说："我再也不需要手绢了，我的病已经好了。你们没有闻到这空气中多么浓郁的药香吗？"

眼睛不耐烦地说："这都什么时候了，不说赶快找能当胶水的药，老惦记着自己的那点事。快找。"

鼻子不服气地说："我是在分辨药的种类。现在我已经闻出这间房子的药柜里，储存着几百种药材。"

眼睛说："那你说哪种药材能把人粘起来？"

鼻子一下子矮了下去，说："这个……我还真不知道。"

趴在一旁的耳朵说："我以前听人说过有一味药叫作补骨脂，你们说是不是像能治这种病的？"

大家嘟囔着补骨脂的名字，觉得比黄连甘草之类的名字是像得多，就分头在药铺里找开了。

高大的药柜子在夜里显得黑黢黢的，好像一堵城墙。无数吊着铜环的小抽屉，关得紧紧的，一股股不同的药气从抽屉缝里钻出来，呛得人直想打喷嚏。每个抽屉的小门上贴着一张小纸条，上面用墨笔写着中药的名称。在阴暗的光线下，那些字像小青蛙，挤在一处分不清。

眼睛凑过去，睫毛都蹭到木纹上了，才勉强看得清楚。它过一会儿就得请手给自己揉一揉，要不眼泪都流出来了。

眼睛一行行一排排地看过去，"枸杞……当归……生地……补骨脂……"哎呀呀，一直看到第5个柜子第6行第3个小抽屉，才算找到这宝贵的补骨脂。

当右手扯着抽屉上的小铜环，拉开抽屉的时候，大家都憋住气，不知道将看到什么样的灵丹妙药。

好失望啊！抽屉里是一些干燥的草子，黑不溜秋的，像是一些没长饱满的豆子。它伸了一个懒腰，说："这是谁呀？半夜三更的！有什么事等到明天早上说不是一样的吗！"

红嘴唇一撇说："那可不一样！救人如救火。"

抽屉里的补骨脂扑哧一声笑了，说："我可不用你来教训我！这是什么地方？是药铺。我知道人命关天。"

红嘴唇说："我们要给一个孩子治病……"

补骨脂说："知道知道！请我去的多半是给孩子们治病，我一看你们这个样子就明白了……"

大家知道自己找对了人，就十分高兴，忙说："那就请您赶紧跟我们一道走吧。"

补骨脂不慌不忙地说："急什么？那么长时间都熬过去了，也不在这一天两天的啊。总得等天亮了，同老板说一声……"

大家听得莫名其妙，鼻子的伤风好了以后，恢复了敏感，说："您是治什么病的啊，补骨脂大哥？"

补骨脂说："我是专治小儿遗尿症的啊。"

大家一时没听明白，补骨脂就给大家解释："就是治小孩尿床。"

大家哭笑不得，小蓉是个漂亮聪明的小姑娘，从来没有尿床的毛病。于是大家七嘴八舌地又把小蓉的情况说了一遍，补骨脂这才知道自己搞错了。"可惜我治不了这个毛病，没法把自己熬成胶，把你们的小蓉恢复原样。"补骨脂抱歉地说。

大家灰心极了，共同长叹了一口气，不知道再到哪里去找药。

突然从抽屉缝里传来咳嗽声："是谁这么难过啊？你们的叹气把我的胡子都吹到天上去了。"

补骨脂说："你们也不小声些，看，把我的爷爷吵醒了。"

从抽屉的最里面蹦出来一粒老补骨脂，它的身上挂着草丝在轻轻飘动，这大概就是它的胡子了。

"我爷爷在这个药店好多年了。每次抓药的时候，因为它卡在抽屉缝里，都被留下来了。它是这里的老祖宗，你们请教它老人家吧。"补骨脂大哥说。

补骨脂爷爷听了大伙的话，说："你们知道补骨脂还有一个名字叫什么吗？"

大家心想，连补骨脂这个名字还是今天晚上第一次知道，谁还晓得有更神秘的名字？一齐摇摇头。

补骨脂爷爷说："我们还有另一个名字，叫——破故纸，就是说，稀奇古怪的旧故事，我们都知道。你们说的小孩得的这种怪病，以前也发生过。那时孩子们要学八股文，背很多古书。孩子们累坏了，一下子就零散了……"

大家听得寂静无声，红嘴唇张成了一个"O"，左耳朵竖成一个巨大的惊叹号，鼻子尖因为激动冒出了汗珠，右手攥成了拳头。胃莫名其妙地疼了起来，为了不影响大家，胃赶紧吞了一片胃药。只有眼睛还比较镇静，它若有所思地说："那时的人们是怎么救孩子们呢？"

补骨脂爷爷说："赶快跑回家，用雪花糯米熬一锅粥，给孩子们灌下去。糯米汤就会把孩子的骨头缝粘起来。只要以后不再累着孩子们，他们的骨头就不会散开了。"

"噢！"大家恍然大悟。

胃捂着自己的心口说："我倒是装过好多粥的，比如皮蛋瘦肉粥、莲子银耳粥、人参燕窝粥、百果八宝粥……糯米也盛过许多种，比如紫糯米、香糯米、丝苗糯米、鸭血糯米……只是没见过您说的这种雪花糯米。我们到哪里去找啊？找来了米，熬粥的时候还有什么特殊的讲究没有？"

补骨脂爷爷捋捋它的长胡子说："雪花糯米就是普通的糯米加上雪花就行了。熬粥的时候也没有什么特别的讲究，煮得又浓又黏就成了。"

大家牢牢地记在心里，就要告辞出来，红嘴唇突然说："糯米倒是好找，可现在已经是春天了，要是天上不下雪，我们到哪里找雪花呢？"

补骨脂爷爷说："这我就不知道了。我的爷爷也没告诉我啊。"

见多识广的眼睛不放心地问："老爷爷，您没有记错吧？平常喝的糯米粥，怎么能把人的骨头缝粘得结实呢？会不会人一使劲的时候就开了？"

大家觉得眼睛对补骨脂爷爷有些不尊敬，但这个问题的确是很重要，就等着听下文。

没想到补骨脂爷爷并没有生气。它清了清嗓子说："你们知道长城的那些砖，历经千年而不塌，是用什么勾的砖缝吗？"

"当然是水泥啦！"红嘴唇刚说完，自己就不好意思了。那个时候，哪里有水泥啊！

大家急着听补骨脂爷爷的答案，没人顾得上笑话红嘴唇。

补骨脂爷爷说："粘长城的砖缝，用的就是雪花糯米粥啊。你们想，能粘得了抵御强敌的长城，难道还粘不了你们的骨头吗？"

大家总算放了心，谢过了补骨脂爷爷和补骨脂大哥，重新钻过小洞。鼻子由于太性急了，鼻尖上蹭了一团黑。

"嗨！你们怎么这么慢？等得我急死了！"一直待在外面的左腿说。

大家边走边把补骨脂爷爷的话转告它。左腿发愁地说："糯米倒是好找，只是这雪花……天气已经这样暖和了，从来没有在这个时间下雪的纪录啊。”

正说着，鼻子突然觉得一凉。紧接着，一滴小小的水珠落了下来。它赶忙去看别人，见到鲜艳的红嘴唇上悬挂着一片银亮的东西。

“啊呀！下雪啦！”红嘴唇大叫起来。

眼睛说：“你真是想下雪想疯了……”但它的话没说完，就感到睫毛上蒙了一小片云彩，天地间变得白茫茫。

下雪了！真的是下雪了！

无数小雪花穿着白裙子，从九天之上翩翩飞下。一边飞一边说：“我们也愿意帮小蓉，快把我们收集起来，就可以熬出雪花糯米粥了。”

大家正不知怎样才能把小雪花保存好，胃说：“看我的吧。”它像一个又轻又软的大布袋子，张在天地之间，把雪花装了进去。

左腿背着大家往回跑，剩下的时间已经不多了。

大家气喘吁吁地回到了家，大脑忙问它们事情办得怎么样了？大家点点头，忙着熬粥。

胃把雪花倾倒在小锅里，双手把糯米洗净加进去。炉火熊熊地燃烧起来，把大伙都映得红彤彤的。

很快，雪花糯米粥就熬好了，比最名牌的胶水还要黏。手把粥锅端到小蓉床头的小柜上，然后大家就各自回到自己的位置上。

大脑说：“一会儿，小蓉喝了粥，就成为原来的她了。我们就不再是现在的模样了，大家有什么告别的话吗？”

右眼说：“我的脾气不大好，可能有得罪了大家的地方，请多多原谅啊。”

鼻子说：“我的感冒，不知是不是传染了大家？要吃点药预防。”

红嘴唇说：“以后再见到大家的时候，我一定会变得更漂亮。你们可不要装作不认识我啊！”

左腿憨厚地说:"真想再驮大家走一次。"

左耳朵说:"我听到小蓉的妈妈好像醒了。我们可要快些!"

只有胃什么话也没说。它是很想说点什么的,可是刚才包裹着雪花,把它冻得够呛,直到现在还没暖过来呢。它想自己一说话,一定是结结巴巴的,别扫了大家的兴,就沉默着。

大家互相道了别,就安安静静地回到自己的位置,躺得平平整整。

这时,一直在熟睡中的小蓉,像梦游似的突然坐起身,端起床前小柜上的粥锅,说了声:"好香啊!"一仰头,就把雪花糯米粥喝了下去,然后又睡着了。

雪花糯米粥在小蓉体内均匀地运行着,好像一股暖流。凡是它流过的地方,散开来的骨缝就弥合了。零散的小蓉又变成一个完整的娃娃了。

眼睛、鼻子、红嘴唇什么的,都很高兴。可是它们没法表达自己的意思了,只能轻轻地晃动。

早上起来的时候,小蓉感觉自己的精神比昨天晚上好得多了。她看到床前小柜上的锅,很奇怪。但她想,一定是妈妈昨晚上喂过她饭,忘记刷锅了。小蓉就不声不响地把锅刷好了,放在原处。

妈妈看到小蓉,说:"大早上起来,鼻子就碰了一块黑!还不赶快洗干净?"

小蓉照了照镜子,鼻尖上真是有一块黑。记得昨天是洗得干干净净睡下的啊。她想不明白这是为什么,只好用香皂使劲搓鼻子。

以后的日子好像和以前的日子一样,一天天地过去。但也有不一样的地方。当妈妈给小蓉布置太多的额外作业时,听话的小蓉皱着眉头,并不说什么。但是妈妈会突然听到小蓉的身体里发出一个声音:"您知道吗,小孩子的骨头缝是糯米粥粘起来的啊!"

妈妈就愣了一下,不由自主地把作业减去了一半。

悠长的铃声

雨天，是城市的忌日。

花花绿绿的伞，填满每条街道，到处堵车。我大清早出门，赶到读书的学院，还差一分钟就要上课了。

"今天你晚了。"看大门兼管打铃的老师傅说。他瘦而黑，像一根铁钉。别的同学都住校，唯我走读。开学才几天，他这是第一次同我讲话。

"不晚。"我撒腿就跑。从大门口到教室的路很漫长，就是有本·约翰逊的速度再加上兴奋剂，也来不及。课堂纪律严格，我只是想将损失减少到最小。

上课的铃声在我背后响起来了，像一条鞭子，抽我的双腿。有一瞬，几乎想席地坐下，喉咙里发咸，仿佛要吐出红血米。迟到就迟到吧！纪律虽严，健康还是最重要的！

我的脚步迟缓下来，仿佛微风将息的风车。然而铃声还在宁静而悠远地响着，全然没有即将沉寂的衰弱。

只要铃声响着，我就不该停止奔跑。我对自己说。

终于，到了。

老师和同学们都在耐心地倾听着，等待铃声的完结。

放学时，我走过大门，很想向老师傅表示感谢。可是，说什么好呢？说谢谢您把铃绳拽得时间那么长吗？我想在学府里，最好的谢意莫过于知识者对普通人的尊敬，便很郑重地问："老师傅，您贵姓？"

"免贵……"然后，他告诉我姓氏。

我的脑幕上管记忆一般人姓名的区域，似乎被虫蛀过，总是容易搞错。不过，这难不住我，我创造了联想方式。比如，听了看门师傅的姓氏，我脑海中就幻化出花果山水帘洞的景象。这法子秘不传人，却是百试百灵的。

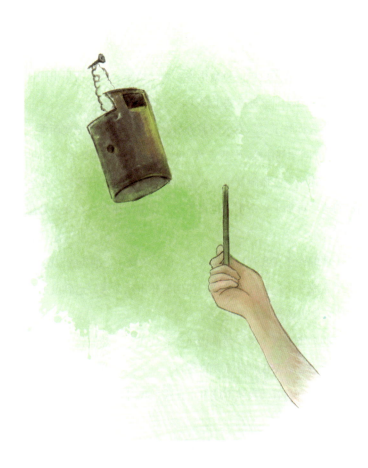

上学三年，我认真称呼他的机会并不太多。唯有恰恰赶在上课铃将响之时，我经过校门，才会恭恭敬敬地称他一声："侯师傅好！"

若是他一个人，会冲着我宽厚地笑笑。有时围着做饭、植花的其他师傅，我便格外响亮地招呼他，表示我对他的尊重。周围的人看着他嬉笑，他就不好意思地低下头。其后，便会有悠长的铃声响起，像盘旋的鸽群，陪伴我走进教室。

当我伸直双腿安稳地坐在课桌前，铃声才像薄雾一般散去。"看门的老头拽着铃绳睡着了。"同桌说。

只有我知道这秘密，但我永远不会说。说出来，便破坏了这一份温情，这一份默契。

终于，我以优异的成绩和良好的品行，毕业于学院。我拎着沉重的书包走出校门，最后一次对铁钉样的老人说："侯师傅好！"他瞅瞅四周无人，很贴切地靠近我："你就要走了。我想同你说一件事。"

我稍稍后退了一步：这个老头，要做什么？凭着有几次将铃声响得久远，便要有求于我吗？

"你不要放在心上。"他果然踌躇了，"我只是想告诉你……唉，不说了……不说了……"他苍老的头颅在秋风中像芦花一般摆动着，脸色因为窘迫，像生了红锈。

"到底是什么事呢？"我的好奇心发作了。

"他们说你是成心的，我说不是……"老人舔了一下嘴唇，好像那里黏着一粒砂糖，慈善地看着我。

"您快说嘛！侯师傅！"听这口气，与我有关，忙不迭地追问。

"你千万别介意……我不是姓侯，我姓孙……"

苹果核

喂！这是谁扔的苹果核？公园刚扫过的地，秃子顶上趴了个虱子，多难看！小孩，是你扔的吧？你手里还有半个苹果没吃完呢！

你这个戴红箍的叔叔怎么冤枉人？欺负小孩呀？我正在吃苹果没错，可我连一个都没吃完，你凭什么说是我扔的？

嘿！你这小孩子嘴还挺厉害！谁知道你现在吃的是不是第一个苹果？怪我刚才离得远没看清楚。那么，可能是你了？小伙子。

不是我。我刚坐在这张椅子上，还没来得及把外语书掏出来。我根本就不爱吃苹果，书包里只有两个橘子，不信你可以翻。不过这是违法的。随地扔果皮是不文明的行为，这是起码的常识，我一个大学生怎么会不知道？您作为卫生监督员保持公共场所美丽清洁，自然是十分应当的。但这个不久以前被人丢弃在这里的苹果核，不是属于我的。我可以很负责任地对您说。

好啦好啦，看你的外语书吧。反正这条凳子上就坐了你们三个人，这个苹果核这么新鲜，还可以看清楚上面的牙印……其实我也不打算惩罚谁，只是谁扔的苹果核请本人捡起来……

哟！听您这口气，好像这苹果核是我扔的啦？您这不是重男轻女诬陷人吗？您有什么证据呀？您化验了那苹果核上的牙印，是我啃的吗？您把我的胃液抽出来检查过，证明我刚吃过苹果？苹果核在我跟前就一定是我扔的？那它现在离您最近，我还说是您扔的呢！

你们三个都说不是自己扔的，莫非这是外星隐身人干的，要不就是这个苹果只长核没长肉，是从你们三位身边这棵苹果树上掉下来的？我今天算碰上新鲜事了。

哟！老爷爷，原来是您扔的呀！您弯腰这么不方便，我帮着您捡。

瞧您这老先生挺有身份的样子，干吗不早点挺身而出？害得我们受冤枉！

老头，甭管怎么说，你知错就改还不错！记住下回可别随地乱扔东西了！

可是，叔叔阿姨们，我看到苹果核上的牙印了。但老爷爷已经没有一颗牙了！

精品水

　　大城市的各科专家骑了三天毛驴，到达了深山里的疗养院。虽说骨头被山路颠得快脱了榫，但看到青山绿水的森林景观，又有设备齐全的现代化设施，心中很满意。

　　"欢迎您到纯净的大自然来度假。我是刚研制出的环境智能机器人，将竭诚为大家服务。"一个山里人打扮的小伙子说。它的电眼看到一位女专家准备饮水的茶杯里有一粒小蠓虫，这在密林里是常有的事，就礼貌地走过去，把杯子又用水冲了一遍。

　　这样女专家就闻到了纯粹属于水的味道。

　　"这里的水有问题。"她很肯定地说，她恰是这方面的专家。

　　"怎么会呢？"机器人反驳，"这是最好的矿泉水。"

　　大家就没有再说什么，毕竟他们是相信科学的。但都对饮用的水特意留了心。

　　在第二天的餐桌上，趁机器人不在的当儿，专家1说："我细细品尝了，这水确实有异味。"

　　专家2说："我一夜肚胀，头也昏昏。这是水土不服。咱们是不可能接触到土的，肯定是水有问题。女人是水做的，所以女专家最先发现了异常，我们不可忽视。"

"小伙子，搞一些更适宜我们的水。"0 专家对赶来的机器人说。

小伙子迅速地检索了程序，知道在休养者中 0 专家是领导，他的指示必须遵行，就不断点头，直到脖子发出嘎嘎的响声。

下一顿开饭的时候，小伙子兴冲冲地宣布，水是从一百里外绝没有污染的深潭里汲来的，周围没有人烟，可以调查到的野兽都是各自类属中的寿星。

专家们就抢着去喝水，自从怀疑水有问题，他们就一直忍着干渴，现在可以喝个饱。

喝完之后，面面相觑，齐声说："味道更糟啦！"

机器人吓得脸色发褐，铁生了锈就是那个颜色。不用检索它就知道，假如它负责接待的专家们对它一致不满意，它就得被肢解。当务之急是要搞到让专家们心情舒畅的水。

第二天早餐，专家 1 说："稀饭的味儿好一些了。"大家颔首。

"中午的汤就更好一些了。"专家 2 说。大家顾不得答话，只用咕咚咚的咽水声响应他。这两天，真是渴坏了。

到了晚上，连最挑剔的女专家也不得不承认：水质已完全恢复正常，算得上是精品了。

"看来对下属，不批评不督促是不行的。"专家深有感慨地说。

以后的日子，小伙子跑来跑去的不知从哪儿拎来精品水。大家食欲大开，这才真正领略到山野风光。只是精品的产量似乎有限，仅能保证大家饮用的，质量有时略有波动。洗脸还是用普通水，充满异味。看着小伙子忙得关节处都渗出油来，虽说知道他是不知疲倦的机器人，专家们还是挺过意不去的。

告辞的时候，女专家提议给小伙子的上级写封感谢信，大家都同意。

铺好了红纸，蘸黑了墨笔，大家问小伙子："你一天为了取水，要跑多远的路啊？这水到底是怎么来的呀？"

小伙子知道自己的程序中规定，对专家们的话要有问必答，以专家们的满意为最高行动原则，就原原本本地回答："我先是在极纯净的山泉水里加了漂白粉，大家就说味道好一些了。然后我用一个长了红锈的大铁桶贮藏它们，大家就说更好一些了。在鼓励下，我进一步思考提高水的质量。我把水桶放在密闭的汽车库里，让引擎持续发动，尾气管对准水面吹。这种水受到了最高的评价，但费用比较高。我实验了几种代用方法，比如把水桶拎到公众场合，存放 10 小时以上，基本上也可达到同样效果。至于具体放在何处最好，经过统计学处理，结论是，把水放在会议室，特别是不禁止吸烟的地方最好。其次是在商店里，越拥挤的柜台边越好。我由此得出一个初步设想，是否人越密集的地方对水的精品化越有利？我就把水桶拎到小学校去。但实验的结果不理想。大家中间有一两次对饮水的质量不甚满意，就是这个缘故。失败的原因是教室四处透风，无法积聚气息……"

专家们瞠目结舌。

小伙子谦虚地说："我做得还很不够，方法也是手工操作比较原始。今后精品水的制作，还要向工厂化发展，请专家多指教。"

走过来

中学同学霓，从国外读心理学回来，说中国的女人多有心理疾病，比例大约在一半，表现为没有自己的意志，功利性太强。

我看着她，没反驳，给她留着面子。心里说，我看你先得了一种病，叫危言耸听。

她笑了。到底是学心理的，把我给看透了。她说："你在腹诽我呢。不相信是不是？咱们作个试验。"

她领我到一间大而空的教室，叫一些女人挨排走进来，让大家服从她的指令。我们一人一把椅子，坐在两个门口，好像电影院收门票的。

第一个女人从我坐的这个门口走进，霓在对面说，请走过来。

这是一位老奶奶，每一根白发都像银针闪亮。她环视一无所有的房间，缓缓说，这屋里什么都没有，走过去干什么呢？说着她就从进来的门出去了。

第二位是个中年妇女，很利落精干的模样。听了霓的要求后，她狐疑地看着对面的门，渐渐手足无措起来，好像暗处有无数眼睛在窥视她。接着喃喃自语，可怎么走呢？走过去以后还走回来吗？既然还得回来那就甭走过去了。是不是？

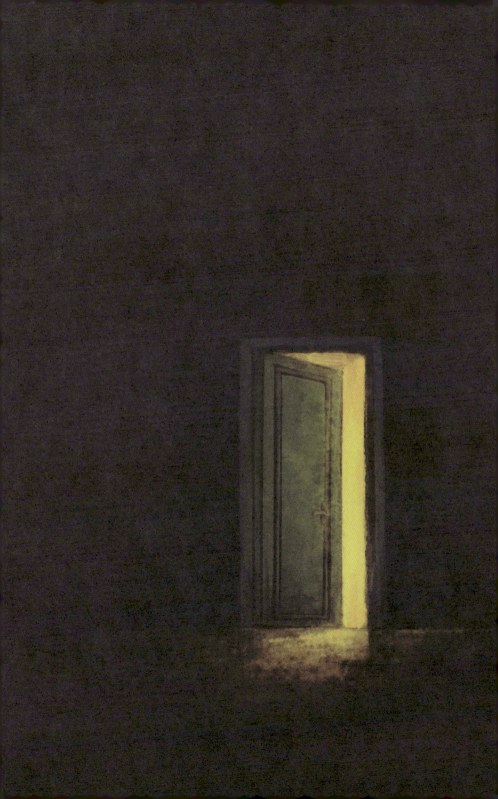

霓顽强地保持沉默。至于我，根本就不知道这试验的机理，什么也说不出。中年妇女等了一会儿，也无声地退出了。

第三位进来的是个年轻的小姐。她响亮地问道："是跑过去还是跳过去？抑或是模特步或者干脆就是舞蹈扭过去？"

她期待着我们的回答，但霓一声不吭。小姐悻悻地转身就从原路返回了。

第四位是个幼小的女孩。霓又重新发出呼唤，请她走过去。

女孩毫不迟疑地走起来，弹性的脚步把地板踩得嗒嗒直响。然后看也不看霓，快活地从那个门跑出去，只把无缘无故的笑声留给我们。

霓对我说："喏，试验结束了，结果比我们设想的还要糟。只有四分之一合格率，就是那最小的女孩。"

我打抱不平，说："你只讲走过来，并不说怎样走，走过去干什么，当然她们不肯走了。"

霓说："每个人难道不会走吗？为什么还要别人告诉？一定要有看得见的利益才肯走吗？有时候，走就是一切啊！"

霓叹了一口气说："现在受试验的人是 5 个了，合格率只有20%。"

哈立克

　　云平听见窗外"砰"的一声响，好像爆炸了一颗"飞毛腿"导弹。他急忙跑出去，见姥姥正蹲在一个黑糊糊的像炸弹似的玩意儿旁边，往塑料袋里装刚蹦出来的爆玉米花。

　　"好吃吧？"姥姥笑眯眯地问，往自己没牙的嘴里塞了一颗爆米花。

　　爆米花像一朵朵盛开的小棉桃，洁白松软，云平嘴里满满的，噎得说不出话来，直点头。

　　妈妈下班一进屋，仿佛看见他俩在吃耗子药，大声叫起来："不能吃！快放下！"

　　姥姥和云平吓了一大跳。云平的妈妈一向很温和，今天这是怎么了？

　　"街上爆玉米花的容器含铅，有毒。吃了用它爆出来的玉米花，会得脑软化的！"云平的妈妈解释道，她是医生。

　　"哪有那么吓人！你从小就爱吃这个，不是也猴精吗？"姥姥嘴上不服，却也不再吃了。

　　云平摸摸自己的脑壳，硬硬的，他可不愿脑袋变得像西红柿一样柔软。只好别了，香喷喷的爆玉米花。

　　第二天妈妈下班回来，拿出一个圆锥形的漂亮纸筒，里面装满像云朵一样蓬松的玉米花。

"不是说有毒吗，怎么又买了？"姥姥抽着鼻子问，空气中弥漫着诱人的香气。

"这叫哈立克，是美国玉米，爆的方法也很卫生，您老就放心吃吧！"妈妈双手捧过圆锥形纸筒。

"明明就是包谷粒子，却叫什么哈立克，像个外国小孩的名字！"姥姥唠叨着，一边叫云平一块吃。

说实在话，哈立克真好吃，就是太少了。云平才吃了十几颗，纸筒就快见底了。他忍住馋，给姥姥多剩几个。

"这哈立克多少钱一纸筒？"姥姥问。听妈妈答的价钱，姥姥大吃一惊："这么贵！要是吃咱们国产的，同样的钱能买一书包！"

这真是一件矛盾的事。

云平终于找到了一个解决矛盾的办法：他发现街上卖一种爆裂玉米，说明书上写着，这种玉米粒不但价钱便宜，而且在家里就能爆出玉米花。

"姥姥、妈妈，你们等着吃我爆的玉米花吧！"云平系上白围裙，郑重其事地宣布。他在平锅底上刷好油，然后把玉米粒搁进去，洒了点糖，最后把盖子严严实实地捂好。

锅里发出劈里啪啦的响声。云平晃晃锅，耐心地等待着。终于，到了说明书上规定的时间，云平像魔术师揭开黑斗篷一样，神气地打开锅盖。

啊！根本没有白云一样的玉米花，只有一少半玉米裂出小小的白花，剩下的玉米粒，像倔强的眼睛，直直地盯着云平。

也许是时间不够吧？云平重又盖上锅盖。不久，闻到了糖焦煳的味道。打开锅盖一看，那些未曾爆开的玉米粒，仍旧像小石子一样沉默着，颜色变得焦黑。

云平来到卖"哈立克"的商店，看见玻璃柜里摆着一只银亮的小锅，玉米粒倒进去，小铲子灵活地搅动几下，玉米粒就像活泼的小精灵，蹦跳起来，褪去金黄的外衣，绽开梨花一样的笑脸……

"阿姨，您爆哈立克一定有什么诀窍吧？"云平问，他不知自己失败的原因在哪里。

"诀窍？不过是美国玉米呗！哪像咱们中国的，说是爆裂玉米，其实既不爆也不裂，除非你用高压锅似的铜罐子爆！小朋友，买一袋哈立克吧！刚出锅的，又热又香！"阿姨挺热情。

云平没买哈立克，虽然他身上带着足够的钱。

作文课上，老师出了个题目《等我长大以后》。

云平在作文中写道：等我长大以后，要当一名培育优良品种的农业科学家……

假如我出卷子

今天，老师布置的数学作业是：假如我出卷子……让每人给自己的同桌设计一张考卷。

小依拿出一张格纸，方兵问："你见过带格子的卷子吗？卷子都是大白纸的。"说着张开两臂比画，好像他是一只大鸟。

小依说："那么大的纸是糊窗户用的，我们家可没有。"

下午方兵到校时，递给小依一张雪亮的硬纸说："这是理光复印机专用纸。我爸那儿有的是。"

小依说："多好的纸，可以做精美的贺年卡呢。"

方兵用手指甲弹弹纸："你要喜欢，我给你一沓。不过你的题要出得容易点，让我也过一次得 100 分的瘾。"

小依撇嘴："100 分有什么了不起，我都得腻了。"她真喜欢那种美丽的纸，所以嘴上才这样说。

方兵说："别吹牛！这回我让你得不成 100 分。"他找出一本《数学奥林匹克大全》，是表哥从上海寄来的，学校里谁都没有这本书。方兵认真地抄下一道又一道难题，还仔细记下了答案，因为这次出卷子的人，要做一次真正的老师，还得判卷子呢！

小依很守信用，她给方兵出了一张很简单的卷子，方兵第一次得了100分，他想，如果小依哭丧着脸来找我问答案，我就把那本珍贵的《数学奥林匹克大全》送给小依，反正自己留着也没用。

　　小依只得了60分，这还是方兵高抬贵手了呢！可是小依始终没找方兵问过正确答案，每天托着腮帮子想啊想。不知道的人，还以为小依牙疼了。

　　市里组织统一考试，题目很难，方兵突然眼前一亮，仿佛在拥挤的马路上遇见了熟人，有几道题，正是他给小依出过的，答案他还记得呢！

　　可老师只给了方兵60分，说他的答案只是干巴巴的几个数字，完全没有中间步骤，好比是问你鱼是怎样从大海里捞上来的，你却直接拎来了几条咸鱼干，这怎么行呢？

　　小依得了100分，可她总像有心事的样子。